U0039653

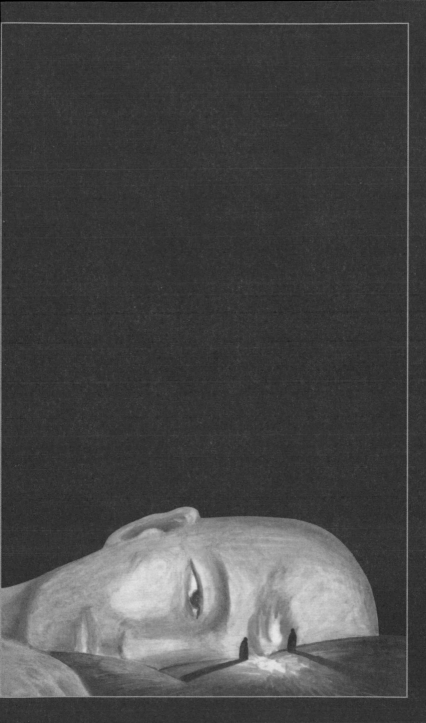

羅智成作品

泥炭紀

1973-82斷簡殘篇及其它
1988年10月臺北少數出版
2018年6月聯合文學新版

謹記我的話
有一天我忘了它們
我將虛心向妳探問。

——《畫冊》，p.122，1975 年

對那些深奧、龐大事物的探索來說，
信心，或過早的信念
顯得不夠莊重。

——《光之書》，1978 年 6 月序

「不要急！」

像一個緊緊靠在身邊的人，他說：

「中國的古代才開始⋯⋯」

——〈問聃〉，《傾斜之書》，p.102，1982。

歷史的暗流之一
是細緻的靈魂和粗略靈魂之間的
傾軋

——《泥炭紀》

歷史的暗流之一，是細緻的靈魂和粗略靈魂之間的傾軋

1.

在人性的礦床裡，喏！這將是我掘獲的稀有金屬。閃著幽光，用途不明……

歷史的暗流之一，是細緻靈魂和粗略靈魂之間的傾軋。
在被概念化的人性真相裡，最隱密的人格結構差異，決定了那音色隱約的差異：迅速走向結論與行動，迅速發聲的，以及在對更真實之可能的偏執中默不出聲、思索、遲疑的……
迅速走向星座，以及
呆立在原地的
迅速走向成果，以及
發現到更多路徑，更多可能而甚至
終於不可能的……

1.1.

這只是另一種分類，謙虛的，不平行於其它顯著的體系；也不必和價值判斷扯上關係。但在每一個「認知」與「反應」的過程裡隱約閃爍，比區分強弱、是非、意識形態 —— 比區分「正確」與「正義」—— 甚至比區分「細緻」與「粗略」來得不明顯……

1.2.

……來得不武斷。但它是確存的。

1.2.1.

「基於人格特質與經驗的差異，許多對於某些人是確存的知感事實，對另些人是完全不存在的……」

——《光之書》，p.145。

1.2.2.

把握這個隱藏的事實。

如同早餐時，重新審視一杯醃漬著光的果汁。

趁盛宴中的客人們還不夠了解，或缺乏領略的心緒時，放膽宣稱，並從容地據為己有。

於是你有了第一個優勢——如果你知道這個優勢，你便曉得自己屬於其中那一種人。

而你將從第一個優勢中迅速知道你第一個劣勢——而這是你第二個優勢。

1.3.

當人們為衝突的信念怒目相視，落在棋盤外的細微聲響，將把注意力從斷然的爭執，引向不斷然的，柔軟的兩造——我們。

1.4.

是的，我們。

任何矛盾與衝突，必須上升到更高的辯證層次來分析或解決——一個可以觀賞的角度，忘了立場的立場——在思考主體的反省裡。

1.4.1.

是的，一個詭異的笑容便足以中斷一個話題。

1.5.

思索者本身 ── 可能且必然犯錯的 ── 人 ──
是一切衝突的來源 ── 和最好的緩衝。

1.6.

人類的不確定，是一切衝突的來源和最好的緩
衝。

2.

所以，人類在追尋知識時，必須緊緊帶著自己。人必須在他和知識之間，在他與「可能更正確的他」之間來回走動。以接近「可能更正確的他」。

謙虛，對自以為已知曉的事。

讓座給更可能或更不可能的真理。

2.1.

發生在知識上最重要的事件之一，是人們對他的知識有了懷疑。對相同的情境，因為有更多的資料（觀點）而有更多的困難或考慮。

對所有被深信的，都有了受騙的準備。

還有什麼知識比發現到自己的錯誤更有益？雖然不被預期？

當他們並坐於向前急駛的星球上，激辯星辰繞地的周期。

2.2.

請以思索表達、維持我們的謙虛

3.

在意識之前，人的特質 —— 注定的動向或反
應 —— 經由先前存在的事件與人格發展的複雜
因果，被有效地決定。

在遺傳的會議桌上，被日月星辰與母親的身心
所恣意塑造的柔軟額頭，將刻滿意識與無意識
的學習。

那是一個龐大的數字，因此那樣寬裕的宿命不
易被察覺。

那是一個龐大的數字，我們被牢牢套住的感覺
好像沒有被套住。

3.1.

像發到一張永不翻開的牌。

即使真相令人不適。在不可抗拒的，寬裕的真
相裡，我們還是局部保有選擇、創造與驚喜的
權利。

人是最好的緩衝。

決定論者的鐵律也必須為詩人不確定的心思駐
足等待。

3.1.1.

人是最好的緩衝。當他從自然界甦醒，
在那一片百獸與魑魅藏身的意識叢林裡，生滅
著各種秘密……

3.2

意識，把「我」同「非我」之間的客觀存在化為主觀存在；腦殼內嶙峋斷崖所圍繞的一個小小湖泊，卻是，啊，無限經驗的海洋。

意識，第一人稱的故鄉，有氣無力地治理著知感功能的足跡所能到達的地方，並編輯著內宇宙與其外所有景象與關係。

形成了主體。

3.2.1.

自覺，是指這些功能，省察的功能，發展成熟並內化為一種原始的辯證狀態。

或者說，「我」可以成為 —— 像「非我」一樣 —— 成為有效思索與感覺的，對象。

我們必須努力地把「主體」變成一個可以被對付（如省察、影響）的客體，變成知識的，對象。是的，我說的就是你。被祕密供奉的鏡中鏡中鏡⋯⋯

3.2.2.

生命，經由意識的介入而有意義。

3.2.3.

任何可能的事實（或真理）必須被意識到，才有足夠的意義成為知識或話題。

因此，首先，在兩個光年外的隔壁，窺視著我們的電話亭，如果在我們的電話本之外 ── 我們必須放棄。

3.2.4.

在我們的話題裡，關於人，最高不可攀的，是「相對」於人而「絕對」的部分 ── 被知覺而無法著力的 ── 像生與死，老與病變或某些人慨嘆的，無常。
「應然」與「實然」從彼分歧，「希望」與「限制」從彼分歧，藉著「人」的命運的代理。
在彼，人無所緩衝。

3.3.

而我們私自享有的創作，是未合法化的真理，勉強和藝術，宗教或愛同一等級。

3.3.1.

創作與（未察覺到宿命的限制而因此感覺到的）自由有神祕的血緣。
甚至不被那束縛了自由（而因此使得自由只是意識上的自由）的事實所侷限。它指揮著「可能性」的慶典；唆使知識向真實叛變；又在無止境的欲念撐支下，在原本荒瘠的生命真相裡，享有治外法權。

自空而降，解除了人類兩難於二度空間的困局；
在場的人還各分到一個氣球。

3.4.

生命，經由意識的介入而有意義。
行動，由於生命的不足與限制而有意義。
至於意義，必須在人的生活中找尋、創造或實
踐自己。

3.4.1.

人類意識到，有許多事實和他的活動範圍不屬
於同一層次。所有努力都到達不了的，我們稱
為絕對。
那是我們只能信仰的部分，也是其他信念的前
提：死亡，衰老，知識的限制以及更多更多的，
種種限制。

3.4.2.

在那些可能改變的事物裡，又有許多太龐大、
艱鉅的課題，它們的終極也不可觸及。
那是我們徒然的部分：官能，思想，欲望……
可以經營，但不能泯除。

3.5.

對那些深奧、龐大事物的探索來說，信心，或
過早的信念，顯得不夠莊重。

3.6.

從意識之始，我們便已深深介入生命或為生活所介入。所以我們思索的此刻，不可能絕對純粹或正確。每個人都遺傳或感染了錯誤的基因。還原成全新、中立的思考狀態是不可思議的。真正無缺的思考起點，如果有的話，也只能在我們尋獲最終結論之後。但那是遙遙無期的。但在此之前，我們仍必須思索與行動。在此之前，雖然懷疑論者的敏感與悲觀不能阻止我們向遙不可及的終點摸索過去，我們仍應謹記：任何既存或將有的信念（或知識），都只是我們求知過程中的產物。都只是過渡。

都只是過渡。

3.6.1.

人類在面對那些被擁立的理論或神祇時，不要忘了保持他那軟弱的判斷力。

4.

鬼雨書院宣言：我們相信，以更均衡的人格來處理變幻無窮的情境，將勝於期待完美法則來規範我們對所有事件的處置。

任何關乎價值哲學的理論，都必須通過人類的實踐作它最終最後的闡釋。人的代理實質地決定了那些理論的現實（最終）意義。

因此經由自覺（反省）與體貼所操作的自我改良（人的改良），不可被須臾忘記。

人當下的判斷力和理解力，和概念化的行為法則，有時可以互相取代。但法則只能標示所有境界的下限：無法幫助人們想像「更好」的可能，或探索現狀的突破，創造更高的價值。

因為法則只是暫時被完成的。

而還沒被完成的，才是我們此刻存在的意義……

許多時候，那些被偏執著的信念，只是人格結構的偽裝：理論只是好惡或成見之後的合理化過程。

許多時候，同一面理論旗幟覆蓋之下，存有更巨大的差異：性格、趣味與理解的差異。同志們為了共同行動，不約而同地放棄更真確的可能或考慮。因此，另一種分類，便可以把原先的夥伴歸入敵對的陣營——而「人格特質」的強調，我們以為是最有助於思索的分類。

至於面對自己的信念——

人類自無意識起，便逐漸地被決定了對外來刺激的基本態度。他應該惦記著在不經意的時辰犯錯的可能。

把想法永遠航行在自我批判與修正的水面上……
這便是我們的「過渡」哲學，我們的「指南針
法則」。

不堅持臆測出來的路徑，也憑藉靈敏的導航，
去減少或避免人性的弱點造成的碰撞……

4.1.

我因此選擇耐心等待。

4.1.1.

我因此選擇耐心等待；不因理智的疲困而隨便
停留、獻身於匆促而成的結論。

4.2.

同理，我也不打算耐心等待。不打算放棄行動
與結論。

4.2.1.

負擔責任，但何必拒絕其他的念頭呢？

來，讓我們和知識、真理狎暱相處吧。

不要拘謹，他們是我們航行的夥伴，不是旅途
的目的或被信仰的神龕。

擁吻你的知識，並隨時為了更真確的知識而準
備離開他。

擁吻你的神祇，你的真理。

否則，我們怎能真正了解祂？

5.

在遲疑與行動之間維持均衡。

5.1.

但均衡是個狡猾的字眼
它對我們此刻的信念說：我暫時走向你，但我
以同樣的力氣離開（抗拒）你……
或者，我繞著你，望著你，卻不墜進你的地心
引力……

5.2.

適度的覺醒與縱容，以冰和火淬鑄意識之劍……
像濃密的雲層，雷電與冰雹並存於隱蔽的心靈。
「均衡」，藉著向四面激射的「縱容」而達成：
千臂的巨獸，重心因廣泛的人格內容而更易於
把握。
在那奇特的訓練裡，理性與感性分頭去找尋他
們的極限；而熊熊的生命之火源源不斷地把經
驗輸向那遙遠的屯墾區。
一隻斑斕的水母本身就是一個夢境。

5.2.1.

為了「更好」的可能，我們生命形同不間斷的
有趣的難題，「均衡」是走索者，舞者與泳者
的結合體，盲者與卜者合一……

5.2.2.

豐盛的人格與知感經驗。向四面擴展的地基確
保了上昇之中拜波之塔的重心。

只有更多的知識才能確保知識⋯⋯

只有知識，才能確保德行的傳遞⋯⋯

6.

我傾向於較多的考慮。

一件沒有弄清楚就被草草收藏的思想，會在我體內腐敗。會使我掛念、暈車、心不在焉甚至回答時文不對題。

所以我在某村的堆棧裡積滿了待完成的事。打開雪封的庫房，裡頭盡是沒有發動機的太空船、飛航器，沒完成的畫、小說底稿，尚未實踐的美德、未施工的都市計畫、橫跨星際的雕塑、一部無法自圓其說的哲學……

6.1.

未完成的作品塞滿了工作間。

6.2.

未完成的構想堆積如山，本身也有一種氣象。當我在床頭拾獲一節失去詳情的記憶。一種巨大的憐惜……

6.3.

「無論什麼場合，我的靈魂不能因為局部的忘卻而顯得不夠完整……它必須裝備齊全的出席在所有意識清明的時刻。」

6.3.1.

像嗜於吞噬而消化不良的怪獸
經驗與幻想的收集癖，我喜歡有較多的考慮
總是耿耿於懷……

6.4.

總是耿耿於懷……

6.5.

到手的成就索然無味
敗筆每每不能釋懷。

親愛的ㄌ，這將是我為你完成的最後一部作品。

7.

親愛的ㄅ，這將是我為你完成的最後一部作品。
我將為ㄅ，為ㄆ，為ㄇ，甚至為縱恣的ㄠ，但
將不再為你創作。

我曾尊崇你，一如圖騰民族看待他們不祥的沼
澤；我曾為你圓謊，一如使徒。

我曾為你扯謊，在聖殿階下。我預揭橄欖的豐
收，晴朗的海航；曾違背知識，向期待的面孔
們，描述了不實的永恆。

8.

如今我已畏縮。

如今我已畏縮。窘迫。當遠方的島嶼或星雲因
為欺近而失去不實的美貌；當負載許多理想、
夢想的我們「曾經的未來」因為長大而到來，
而露出那繁瑣、巨大、無望的平俗。

當走向偉大的途中，盛傳偉大早已離席或不再
偉大 —— 而最重要的，由於我們從不曾 —— 為
了知識 —— 從不曾深深許諾於一個信仰。我們
反成為最早迷惑、疲憊與荒涼的部族。

8.1.

我們曾是極少數的，頑抗著各類信念的異端。
倔強地驕傲著；狠狠地抗頡各式的神祇，以我
們作為人類所能擁有的智慧、機會與罪咎。

為了鞏固、爭取那從不完全的尊嚴，我們拒絕
在任何威權之前繳出思索的權利，即使面對自
己所熱戀的自己。

8.1.1.

就像先前所有的時代，人自身的弱點以及對智
識的不誠懇仍是那個時代文明最大的威脅，他
們屢屢站在不存在的進化終點看待世界而忘了
繼續移動、進化。

我們曾經公開或私下詆毀那些過早的信念 ——
那些原本是人們理性探索的中途站，卻被誤認
或去取代了最終目標 —— 我們詆毀它們為「宗

教」。

那個時代最為人忽略的事實其實是：人類進化的層次仍低。

一個最基本的病症，一個日常的情緒刺激或一個粗製濫造的命題都足以讓這虛榮的生物的知感系統解體。

從最原始的傳統愚行、入侵的異族迷信到政治謊言、科學崇拜；從唯理性崇拜、物慾崇拜到那曾想解決這一切而投身更愚昧的意識形態熱狂的理想主義 —— 人們對這些幾乎毫無抵抗力 —— 甚至我們也不免於局部著迷。

我們惟有努力使自己意識清明，抗拒慣性，時刻不放棄判斷力 —— 但我們注定發現：意識清明，或努力使自己意識清明的人，將不得不面對孤立。

8.1.2.

那不是一個屬於我們的時代。

「所以，那是一個將屬於我們的時代。」親愛的ㄌ，我多麼懷念你的樂觀奮進。

8.2.

所以，我們也有了自己的宗教……

8.3.

只有宗教可以抵抗宗教。

在人們體內那種「實踐」的能源，只有較原始的文化機能——如宗教信仰、美感需求——可以充份燃燒它，化為生命力、發展力，去馳騁、去輾過別的廝睥的實踐力。

「如果我們沒有神，我們用什麼去打敗他們的神呢？」

8.4.

但是我們的祕教沒有神。

沒有信仰，甚至。

只有對所處的人類社會一點小小的憂傷。

8.4.1.

我們隨時提醒自己：

對知識最無損的信仰可能是「人類犯錯的可能」；

對知識最虔敬的祭禮是使意識清明；對真理最正確的對待方式，是懷疑——我們可以使用，但不要太輕易相信它。

關於我們奮戰的主要工具——理性，我們以為健康、充沛的感性是健康的推埋最可靠的憑據。

8.5.

我們推測、斷言、懷疑、喟嘆

我們已疲憊

8.6.

如今我已畏縮，當巨大的使命因具體化而顯得令人發噱。
我走在隊伍中，走著走著，頹然認識到：
我無法廁身於你壯麗的夢幻行列——只有一個人的行列……

8.7.

但你依稀在說：「我們得整裝待發，別忘了軍毯和短大衣，和我採集的蝴蝶標本。女王的恐慌日甚一日，友人信上說，她再也沒有心情主持慈善義賣會、設計美麗的髮型。作為專制、腐敗又受欺凌的王朝最後一任君主，她的善意只足以叫自己手足失措。」
「至於甚囂塵上的教育改革，僧侶們沒有誠心，百姓們沒有耐性，鄰國的文化企業早已實質上征服了當地的價值觀與審美觀……
我在國立大學教書的朋友們決定和宮廷決裂——雖然目前他們只能創作纖弱的浪漫小說、粗陋的文學理論，或羨慕粗糙的激進主義——但我的語錄將混過檢查制度，在他們中間盛行……」「友人信上說，他們偷偷教給兒童的歌曲，如期在皇家遊行途中被圍觀的群眾熱烈唱出來，遺憾的是，當權的僧侶們無動於衷，徒然驚嚇了他暗戀的女王……」
「但我的語錄，將在他們中間流傳……」

8.7.1.

親愛的ㄉ，我們曾參加了瘟疫中的宴會，分享簡陋的食物和黑死的恐懼，從那高地的村落裡，凝視遠方銷毀遺骸的火光。

我們曾懷著神祕的野心，返回地球，結合了所有無家可歸的藝術家去繪飾地球的赤道，

曾在一個永夜國度的酒館，不眠不休舉行了幾天幾夜的盛會

我們也曾在女子家的門口靜默地等候了一個上午……

但是，親愛的ㄉ，由於一顆東張西望的心，我無法堅持你想堅持的智慧或美麗——我只想看更多、想更多，或者活得更賣力。

8.7.2.

但是，我還是忍不住要埋怨、奚落或者想念你。始終親愛的ㄉ，我說不出對你的依戀。當我一邊犯錯，一邊遠離你。

8.8.

當我一邊犯錯，一邊遠離青年期豐盛的寶藏——那兒有許多我甚至還沒機會瞥過一眼——如今勢必被遺留在時間列車不再停駐的，小站的貨倉裡。

沒有人會注意——如果有的話，我會極端妒忌他的。親愛的ㄉ……

但你依稀在說：「我們還得整裝待發，沿著那草原，釀著晨露的、無窒礙的早先的草原；在那稻田，那被依賴的聚落，在遺址裡，按圖索驥……」

「我們還得整裝待發。我憎惡那因為自己付出比對方更少善意與誠懇而覺得佔了便宜，沾沾自喜的國人。我們要用加倍的溫情與熱忱來驚嚇他們，當著他們麻木不仁的面前，嘲弄他們、引頸就戮、高聲朗誦或哭泣……」

8.8.1.

「但我必須回去了」

我跳下舞台，丟回戲服、道具，拎著黑包包去趕巴士。在車站，踡縮於隊伍裡，恭順地讓原先被我舞弄的知識把我納入它據以存在的秩序裡。

在市囂、引擎聲的疾言厲色下，我喪失了強烈質疑的勇氣。

8.9.

但你置若未聞，愉快地收拾行李，在我腦海右側的寢室搬桌動椅。淚汪汪的婦人站在一旁。

「那是我迄今最得意的房地產，一顆小到可以從步伐感覺到它的弧度的行星 ──它的衛星更可愛，正面照射著暖暖金光，背面積著皚皚白雪，以路燈的高度繞地而行。我曾登陸過那兒

一次：由於萬有引力，我可以從北半球的禮品
店信步走到頭下腳上的南極⋯⋯」

8.10.

我在大廳裡繼續和眾人討論會議程序與技術上
的細節。由於意見不合，ㄏ面紅耳赤地走出去：
我及時勸阻了他，然後轉身向充滿善意的女生
解釋了幾個問題。她表現出絕佳的幽默，但是
親愛的ㄌ，我心底悽悽掛念著你。

8.10.1.

我在大廳繼續和兩名留下來的學生閑談春假的
計劃。「我的神思，常偷偷地到遠方劫掠、馳
騁。為的是回來以後疲憊得只能做個易於克己
的人。」

8.10.2.

「而最讓我困窘的是，由於創作力與想像力的
衰頹，如今我傾向於犯錯。」

8.11.

在冬天美絕了的ㄓ城，我們溫暖的畫室裡來了
美麗的熟客；W 躺在鋸去床腳的床鋪上；我靠
在窗邊巨大的座墊上，以包在襪子裡的腳拇指
去勾動書架，使它發出無意識的、「吱吱」的

聲響。豐美的 T，趁著空檔去泡咖啡，厚厚毛衣底下的她，像一大瓶溫過的鮮奶，以巨大的表面張力負載著我零碎而男性的思想。

「而最讓我困窘的是，由於創作與想像力的銳減使我傾向於犯錯。」

9.

那個時期,他是個數學家。業餘的時間,在樂團吹奏長笛和巴松管。那個時期大約兩個月。接下來,他應邀到千佛洞一座後來改成農會辦公室的殿堂演講;會後一個人向他透露自己是一個從漢朝倖存下來的樓蘭貴族,他們並兜風到敦煌市區。暑假的時候,在往西藏的公路上,設立了一座滑雪客棧——那個時期只有一個晚上,第二天,他又慵懶地和我們討論當日的午餐。

9.1.

那個時期,有太多解不開的難題——巨大如象群的歷史困局傲然就食於前,使我悚然且祕密地欣喜。

在一場必敗的競爭裡,至少我們擺脫了對失敗惴惴不安的預期,而更能專注於自己的表現。

那個時期,那重利而憂心忡忡的城市有太多不該有的聚散。從已褪色的饑荒、戰火到政治偏執的僵局到無力的個人對成就感狂亂地以身相許。原本靠貞節與承諾所信守的民族,被驅趕如亡命的羊群,被塑造如措手不及的陶器。

年輕的子民帶著命定的無奈,捨棄了愛情、責任或自己,漂泊在充滿私欲與壓抑的成長裡——他們太早被磨損了。

那個時期,沒有什麼東西被珍惜;因此他們也

不知彼此善待。

歷史顯得有點狂亂，社會由於早先的流離與瘧疾還偶然地歇斯底里。

我在遠方新闢未成的道路上胡思亂想，三番兩次絆到童年一樁微不足道的遺憾；粗聲粗氣的機器在四周肆虐、敲打著滿地的杯盤狼藉；工人在遠處、近處吆喝，每條血管的每個節瘤壅塞著暴燥與疲憊。黃沙、烈日與痙攣的土地……無休止的噪音與無法水土保持的汗珠從我塵垢的眉睫滾落。

巨大的聲音緊偎著你，而

「所有溫馨的記憶、慰藉和偏愛的幾本書，都在另一顆背道而馳的星球上，永不能觸及。」

9.2.

（聽見那首歌時，我已知道，這輩子的每個時辰，它都將喚起我的孤寂。因為我是在這樣的時辰熟悉它的。）

9.3.

親愛的ㄌ，離開你，就像每次離開年輕的歡聚回到平俗的家裡，生命顯得冷清。

就像午後兩點離開課堂，回到無人的公家宿舍的家裡，就像一株失根偏食的奇異花卉又被栽回他拒絕進食的盆裡。

「生命顯得冷清」可能就是真相了……但你說，

凝注著試管中一隻娓娓成形的翼手龍胎兒，你說：真相又怎樣呢？

真相又怎樣？它能否定假象確存的事實嗎？能把假象們踢出它溫暖的被褥或人們柔軟的腦袋嗎？

「而我樂此不疲的構想，我並不介意它只是一個快樂的假象。」

只要它們不去蒙蔽真相，親愛的ㄌ，你曾經說：

「我不反對在生命的斗室裡，綴滿各式美麗的假象。」

9.4.

日復一日，我被磨損著。

像剝落的岩石滾向岩群，我怕再也無法珍重地辨識自己。

9.4.1.

我遠離朋友，怕說出心中的惡夢：「意識清明的人，太難和別的靈魂混同。友情的發生只來自被煮沸的血液蒸氣所蒙蔽的靈魂蓄意的歡愉；像一袋雞蛋，再緊密的簇擁也交換不到彼此的生命質 —— 除非打破 —— 但我們又將喪失自己。」

9.4.2.

親愛的ㄌ，生命的真相是全然的孤立。盤坐在

腦殼內的城堡裡，我陰鷙審視著的靈魂們，緊緊地關起大門，又無望地等候扣門聲。雖然在大廳裡，我繼續流利而不嚴肅地和悅人的女子討論藝術；我的眉角靈活地挑動；坦率、唐突的話題不時引起她誘人的紅暈。

但是，我的目光一移開她，就感到茫然的淒楚。

9.4.3.

親愛的ㄌ，我不得不向你陳述內心永遠的不合時宜。

努力生活，但不盡傾心。

9.4.4.

或者，我們將會有一些兒名氣，在那些健忘的，對你幾乎一無所知的人群的印象裡。

他們曾激賞或詛咒你部份的作品，偶爾被錯誤地感動，但這些無法和你在作品後的企圖相比。

所以，你離開了自己的作品發表會，臨行，錯身而過的崇拜者並沒認出你。

9.5.

眼前的一切都不能滿足我們。

10.

親愛的勺：這將是我為你完成的最後一部作品。之後，我將陪我貴越的妻子去逛街，買結婚周年的禮物，陪純潔的情婦去聽四個小時的鋼琴獨奏。但將不再為你寫詩。

10.1.

我將把整個星期四下午，花在全盤的教育改革計劃上，準備對那些師友輩的官僚提出猛烈的抨擊；然後關掉所有的燈，等待一個出乎意料的訪客。
但，我將不再為你寫詩。

10.2.

（在這群人當中，最先嚴肅的人，總是最先受到傷害。
我不想說這些的，它總是一語成讖。）

10.2.1.

（所以我將等事情發生後再提出來）

10.3.

但你打破沈默：
「對以往的種種，我暫時不想悔改。」

我們總先希求不可能的
永恆承諾之喜……

11.

我們總先希求不可能的永恆承諾之喜……
愛情，便是我們錯誤期待了這個世界的證據。
尤其，詩人對人神之戀的好奇，唉！不就是我們在變遷的生命裡對極稀有的不可變遷的事物的執迷嗎？
最好的，註定會消逝。
最好的，不會因那些乾枯的眼神停留 「所以，我們必須……」

11.1A

「我和你提過勇敢坦率的ㄇ？她曾那麼一意孤行地照顧我（甚至原諒我），使我相形之下愈顯從容、清醒，一如被供藏的躺椅；以及在我早期作品中時常出現的ㄖ？那自愛得常常令我驚覺到自己和ㄇ的相似處而因此更無法負荷ㄇ的女子，使我一次又一次的目眩心迷。像一尊甜蜜的偶像，只能被愛而無法愛人的，我瘋狂地為她創作，直到她終於因愛上我而結束了我們的戀情以及我創作早年的「紫色時期」。還有沈默、被動而固執得像一題代數的ㄏ，大把大把的蔥和雛菊是我們祕密的言語。但我們從未相戀。只是遵循著她所堅持的自苦或蓄意的孤寂。還有ㄒ，她並不十分愛我，但我們過從甚密。」

11.1B

我喜歡對幾乎不可能的美麗心存希冀。喜歡在她周圍的城市流浪……

11.2.

像一種殘存的宗教情緒。讓不能割捨的，繼續腐蝕著知識對你的影響力。

11.3.

像懷了她的小孩，在泉湧的創作欲裡。一旦發生，那短暫的愛情或靈感，使我終身興奮、掛念或憂傷不已……

11.3.1.

「我和你談過雪地裡的亡嗎？她降臨如失事的星星，白晰如溶解的大理石。她剝奪了我的心智，以她更清澄的情慾。」

畫家說：

「我總是說，我所以繼續和她們往來，是為了收集離開的理由。」

11.4.

求學陌生國度的時期，我和畫家常常意見分歧。往 L 邦的旅途上，由於意外的大風雪，我們幾乎迷失在風車的叢林裡。

「我總是說，愛情不該是用來緬懷的東西。」
畫家說：
「過去的，已經失去……」
「不！」我說：「過去是可以擁有的……」
「那只是一種挑選過的記憶。
人類的感情事件是一種偶然。
不確定、受威脅，必須灌溉以自欺……」
「我反對你。」
神奇的樂音響在耳際。我們大聲說話。好像在
一個螺旋槳齊動、萬機待發的飛機場：
「我反對你──」

11.5.

「關於我早期的作品，感傷、異國情調、高蹈、
避世以及流於濫情的想像，如何成為他們非難
的口實，我並不清楚，只是，」他說，帶著頑強：
「我無法不喜愛在公共場所被家族呼叫乳名便
被激怒得滿臉通紅，又兀自抱守著潰散的英雄
氣概的孩提。無法不激賞在平凡家族的親情下
猶兀自編纂輝煌身世的
固執的童年。」
「無法不喜愛
被心愛的人們放逐而在異地受尊崇的悲劇感。」
「無法不喜歡
自己。」

11.5.1.

我能說什麼呢？

求學陌生星球的時期，我同時被過去與未來擯棄：現實被距離阻擋於現實之外；夢想被局部的「實現」，鬆動了「夢想據以為夢想」的不可企及的美麗。

「這是一種新的傷口，我還不知如何去釐定，去感覺那痛楚的份量……」。

畫家說：

「的確，遠離族人的苦難與愚行，與文化母體嚴厲的禁錮，使我如釋重負 —— 卻又自由得容不下原先覬覦的歡愉 」

我能說什麼呢？

「自愛不能成為一種目的。」

11.5.2

「但是愛人，愛別人卻也不是什麼自明的真理。」

畫家說：「除非我樂意……

我愛……

否則再壯觀的對象都不能脅迫我去愛……群眾，即使群眾……」

11.5.3.

「我沒有像 X、Y 一樣的遭遇，也沒有嚐過 X、

Y 他們受過的苦難
但我不須為我平俗的遭遇或野心感到羞赧
我要努力扮演的是自己」

11.5.4.

在一個空蕩蕩的畫展裡，我們因為太強的冷氣
不得不四處走動。叫人吃驚的是，那些油畫作
品對我而言只展現了使我倦怠的心靈差距。
「關懷在我們靈魂磁場內的對象，是人之常
情。」畫家說，回到家中，還沒坐定，他又繼
續在牆角那幅注定不成功的「作為一個弱者的
獨君」左上角心不在焉地修改著：「引人惻隱
的弱者，甚至敵人……都足以叫我們目不轉
睛。」
「但是，抽象地去愛抽象的群眾、討好群眾，
尤其是優勢底下的群眾，實在不是什麼太了不
起的德行──」
「我可以關愛某些特定對象，但對於我一無所
知的，我並不需急急付出因此顯得虛偽的感
情……那些人把熱情與野心獻給不能辨識面孔
的集合名詞，有意無意使自己成為這抽象化的
對象的代言人……被聖潔化的其實是自己……
而那些不可侵犯的名詞只是被努力揮動的旗
幟。」
當「群眾」抽象、絕對得一如宗教時，
「我喜歡得罪那些祭司。」畫家站了起來……

11.5.5.

穿過畜欄邊的小徑及淺淺的櫟樹林，拐兩個彎沿著落葉緩行，那兒有一幅眼熟的風景，彷彿下個轉角便可回到童年凋蔽的雞犬之鄉。

求學陌生星球的時期，我和畫家經常意見分歧。我們激烈辯駁，整個食堂的人都詫異地回頭。

「你的悲觀反使得一切都顯得輕易；你不肯期待，是為了藉此放鬆自我期許……」

「作為一個思考者，你心腸太軟，不忍捨棄美麗但不準確的觀念。但是再苦澀的知識，若要嚥下，就不容許打折——或許，你可以附加厚厚的糖衣……」

我們互贈以花：

「我反對你。」

11.6.

因為，民族的苦難，已深深刻在我們的性格裡，無法輕易成為話題

11.6.1.

「求學陌生國度的時期，我和平俗的人們一同迷上名伶丂。糟糕的是我們曾經見過幾次面，互換了眼色，而這些不曾在她腦海裡留下痕跡——」

畫家說：

「神祇之所以為神祇，因為祂從不會為了你加

倍的虔誠而注意到你。」
不完美的情緒席捲過來。我在街角緩了腳步，
為了和快樂、美麗的人群保持距離⋯⋯

11.7.

「我的過去，充滿了我自己在知識、德行與美
感上的罅隙⋯⋯」

11.8.

畫家放下筆，背對我，木立窗前。
「在那苦樂的兩極，我繼續和單純爽朗的女子
廝混。在異地的溝壑珍藏我的國籍；在拘謹的
教授群外，成立充滿挑釁的思維中心。」

11.9.

「然後，我們束裝返國，奇裝異服，卻滿懷理
想⋯⋯」

11.10.

「鄉人倚鋤訕罵。我也在婚後發覺，並不適於
流浪。」

11.11.

「但每每雲群在我心上泊錨，我便被傳覺：他
們依然流動⋯⋯」

12.

「民族的苦難確實影響了我的性格。」
但我的能力太薄弱
太薄弱
深怕這些逐漸淪為神話
「成為文學……」

13.

你曾是我的身份，我的愛情，我的
事業或謊言。
你曾是我賴以炫耀的珍藏或構想。
你曾是我的過失，或過失的藉口。
你曾使我感到厭煩，或為了屈從別人的感覺率
先對你表示厭煩。
但你將消失或離去。
我憂懼著。
而你，你從潮浸的古堡走下來。挽著她，在別
人都看不見的，隱蔽的轉角，迅速和她訂了下
一次的約會。

13.1.

「退而求次的時候，我們才去發現，去感覺到
美，」你說，在我們一百個山洞連成的別墅的
某一個鋪著獸皮的幻燈室：「雖然它如此沁心
蝕骨。」
「我們總是先奢求
不可能的
永恆允諾之喜……」

14.

他帶我們瀏覽城市的發源地 ── 一座由停車場的黃線鑲嵌的露天溫泉。四周是各式的旅舍、銅像和花台。單車翻倒的地方，有人低聲談話：「聽！底下那馴養已久的火山……」

14.1.

那禁錮許久的力量正漸漸凝為硫磺礦。

14.1.1.

接著有人翻過身來，喘氣，說：「那些快樂的日子，已成為過去。你必須視年輕為一生唯一的奇蹟。」

14.2.

往山上的公路，有一段飛碟頻繁的路線。我們清楚地知道這個事實。但是基於創作神話的禁忌，我們都沒有仔細探究它。

14.2.1.

晚上，騎單車下山時，我聽見身後巨大的發動機發出低低的蜂鳴。我沒回頭，但我知道他們在觀察我。

14.3.

那是一個清晨，世界毀滅了百分之七十七，或者更多。我下了山，發現還能買到她要的早點，不禁有些欣喜。然後去趟書報攤，那兒賣的依舊是上個禮拜的新聞。

戴氈帽的白種老人來這兒還不到一個月，但顯然已適應了這亞熱帶山城的生活。

14.3.1.

我經過停車場。今天沒有遊覽車來，但有一個焦慮等待著的旅行團。

14.3.2.

中午，她在餐桌上收聽消息。「世界已毀滅了百分之八十六，整個地球正急速月球化，大海在收縮，高山在隆起，黑夜愈加清晰，文明愈加孤寂⋯⋯」

晚上，用過晚餐，去圖書館。下山時，飛碟對我很不客氣。他們用強光照我，用尖銳難聽的喇叭催促我。

14.4.

「這一切都是可以理解的，」你總是這樣說。你站在厚重的大木桌前，想從一大堆舊文件和精緻的點心中間找出那篇底稿。討論銀河生成

的美學並在市議會的週會宣讀過的。

太陽已降得比我們的窗口還低了！仍不放棄斜斜地投上耀目的光芒，取走了壁上的畫象。

「但，至少在此，我們不該輕易原諒那個熱情的思索者。他不該以悲觀的哲學預設來縱容極端的態度。不能以靈魂的病痛來掩護理性上的過失。」

「我們需要哲學，因為我們需要冷靜的時刻，因為我們對在情緒之海中航行的心中那一點清明──對我們的靈智的極限感到關心。」

親愛的ㄉ，接著你又說：「但我們何嘗努力避免這樣的過失？何嘗限制過自身性格對他人的侵襲？」

「但這是可以理解的──雖然──而一切終究是可以理解的。」

14.4.1.

晚上，W來了。並且留下來用餐。這樣騷動的時日裡，兩日的分離都使我們覺得睽違許久。

我們談笑、歡聚。但心事重重。

我們談笑。但心事重重。

我們大聲詈罵廣場學派的無知，以一種玉石俱焚的惡意。

「我該前進，還是懷疑？」W已有醉意，跳上靠窗的桌抬，唱革命時期的反革命歌曲。

我的思慮被歌聲打擾。我傾向於懷疑。那比較省力。但是為了避免虛無的陷溺，我必須懷疑

我的懷疑……

但這是不衝突的，這是理性在生活中操作的基本情境。

「這不算問題。」

W 沒有唱完。他向我擠了一下眼睛：「要不要酒？」

夜空的星座，因為好幾顆恆星的移動而紛紛解體。現在，它們都想單獨與你親近。

W 繼續卸下美味的肉塊。

我腦袋裡一些相互追逐的問題正快速形成漩渦，把我往內拉扯。T，我們共同的愛人 T，馴服地聽完你的結論，並一邊傳遞麵包。

我們從不知她在這些場合想些什麼、也不曾去探索；卻一致憂慮她一不小心洩露的簡單意見將粉碎我們繁複的體系。

「嗯？」她嚥下一個問號，無辜但不懷好意地看著我們。

14.5.

我回到鎮上，旅行團的人已換上樸素、家居的衣服。他們大概已得知遙遠的家鄉的惡耗，放棄了等待，並和當地居民打成一片。

一個縮小十倍的地球似乎比較容易團結起來。他們甚至珍惜起巷口一棵榕樹或那收門票但不怎麼出色的風景。

孩童在溜冰場上遊玩、廝打，用各自的母語狂野地叫著。他們拘謹的新衣也汙損不堪了。

14.5.1.

最近我不再對飛碟感到興趣了！吃過中飯，就待在臥室裡聽收音機。窗外是濃密的樹叢和寂靜的綠意。她走進來，說，會不會我們鄰近的城鎮都已消失？

而且，我們快要沒錢了！

14.5.2.

不明的事物和聲響愈來愈頻繁，有一天上午，山坡下的街市傳來冗長的像引擎在消化著機器的噪音。

我傾聽了許久。

14.5.3.

絕望下的亢奮。總覺得快要和某重要的人物見面了。

14.6.

但是飛碟徹夜撤走了。

他說：「醉生夢死。」
「我愛你，朋友，」我緊緊握住你的手
但你並不在這⋯⋯

15.

既然了解與改變都不可能，親愛的ㄉ，我相信，
寫信給你，對我而言，只是文獻的意義。
留給漆黑的墓穴去研讀。
我憂傷地謄寫、著述……一些除了不存在的你，
沒有人會尊敬的東西……
雖然，我無法解釋為什麼不能在興高采烈的時
辰寫信給你，甚至，想起你……你之於我，就
如我之於閱讀我的人，重要，卻被急於逃避、
忘記。
但我一直為你製造、傳遞這些真實、不實的訊
息。

16.

我在一場冗長的音樂會跌入沈思。

思索的隔壁，是ㄅ。

關於音樂，或詩，或其他藝術，我只能說，一個人最無奈的，是他在無奈的時候，只能求助於藝術創作。

我厭倦成為一個被藝術籠罩超過三分之一的人。當我從二分之一的籠罩下脫離出來。

我想重溫這些異議，在把它們像奇特的蝴蝶裝入語言的瓶子裡時，我喜歡用力搖晃它們。

來阻止別的念頭的侵入。

這包括了我正在聆聽的音樂。

16.1.

ㄅ靜靜地聆聽，或是在酣睡。我不知道。這場四重奏已經持續了一個沈重的年代。

16.2.

ㄅ靜靜聆聽，對我澎湃的思潮毫無反應。我曾經怨恨過她。對她能力的極限 —— 對我靈魂的動盪不安，她無法真切領會 —— 甚至不如能言善道的占星師 —— 我曾深懷不滿。

我深深依賴這些不滿。

16.3.

我的手指牽動了一下，然後探進溫熱柔適的袖中去握勺的手。那樣的感覺很好。雖然手的表情很少，握久了就得放鬆，容易出汗，而且和心的連繫常常中斷。你屢屢想知道她是否還在那見，在掌心，但，你一探測，她就回來了！
但那樣的感覺很好，當流經手的通訊停止之後。
你已相信她可以隨時被喚醒，伴你入睡或死亡。

16.3.1.

親愛的勺，由於她對一切均不知情，她竟成為最可信賴的見證者；由於她對我們的夢想與憂戚長久的隔閡，由於她不曾介入我們的失敗，她的陪伴竟成為我們──竟成為整個神話最堅實的支柱。
不像我們熟識的一些神祇，威力強大而無補於事……
不像我們熟識的一些愛情……

16.4.

我輕輕洩露了一個呵欠
在一個漫長的，漫長如一個沉悶的年代的演奏會上。
勺靜靜聆聽，或在酣睡。
她知不知道，我們正在台上？

17.

「他們覷著我。音樂響起。我的森嚴吸引了全場的注意。我豎著衣領,高高坐在木欄上,腳在半空中搖晃。

17.1.

「於是我落舞在營火中間。不再估量周圍有多少善意與惡意。我是孤立的,必須看重自己,像善待歷史上那些不曾被注意的、難得的、小小的、美好的細節。那些短暫地出現便永久消失的,永不會有更適切的替代……像那些天真、熱切創作而終究無人聞問底天才,或我們年輕時心愛而無緣的女子……
那些一度使我們惆悵的,隨同我們對惆悵(由於過多)底忘懷而被埋葬;由於忙亂而未繼續探詢的,迅速失卻光采。」

17.2.

「所以我落舞在營火之間,像主持一個陌生的禮儀。我一面讓我的肢體嫻熟地訴說,一面全力背誦著過去與當下發生的許多美麗的事情。他們覷著我。
我希望他們從我這兒讀到一些我忘記的事。」

18.

我一直想當個指揮者,把那些情慾、原創力與
種種雜碎,組成精美的樂章……我一直努力這
樣做,像八爪的章魚想同時攫取十二個獵物,
那樣的困境與笨拙的艱辛建構了一幅幅被歌詠
的優美的舞姿……

「但是,」我們劇中的女主角,一位大提琴手,
一個天生貴越的名伶,她說,她狂恣地取笑。
「你不是當真吧!一頭想當馴獸師的獅子?你
甚至不能馴養鏡中的影像啊!」她笑得前俯後
仰,全然不顧念我們神祕的戀情;而且很嚴重
地,和一個善於逢迎而為我不喜的樂師沆瀣一
氣。

18.1.

「沒辦法,對一個自負、自憐的藝術家的從容
與支持,只使得我顯得更俗氣……」仍是女主
角在隔壁傳來的聲音,以及細瑣的弦響。隔壁,
再隔壁……

我幾乎睡著了,憂慮著醒來後第一件事,就是
面對睡前最後一件,沒被消除的生氣。

我決定更換女主角。甚至中止這齣戲,甚至中
止這個時代。

我衝進她的房間,但她早已不在那裡,只留下
一些我虛擬的思念。

19.

接著，從她口中吐出櫻桃和混雜著睡意與淚水
的經文。抄錄於下：

19.1.

「在思索的隔壁
在妳的
睫毛的蘆葦裡
我守候一隻天鵝
湖水在它觸落的一瞬結冰
毫無聲息……
只有磅礴的情緒
充塞電光閃閃底夜空。」

19.2.

「在妳光潔底額頭上
我的慍怒與怯懦無所遁形
妳的體溫照耀著我
唇注視著我
當狂風捲起江浪中的魚龍
太渺小的苔蘚卻紋風不動」

19.3.

「在妳捲髮的叢林
巨大的樹蔭下

我種植芭蕉、椰子和麵包樹
在妳誘惑的左邊
一座蜂巢」

19.4.

「在妳法力無邊的耳垂
在妳容不下我的眼底
在妳細孃的影子下
我喪志地進行豪賭
我打出沉淪半壁的江山
大剌剌靠著一面舊旗，拿它擦我
餐後的嘴角。卻一心只想回到妳已
對我封閉的眷顧裡質疑、啜泣……」

美景不再造訪我心

20.

美景不再造訪我心。這是我一意孤行的想像事業急速褪色的原因。

美景不再造訪我心。湮沒的曲調只剩乾枯的曲名。我極力思索曾有的感傷，和培養在其中幼稚的自滿，只追回淡淡的遺憾。

我極力思索，意圖重現那波瀾壯闊的「青年△△△」時期的創作景觀。

藉著無力的文字所偶爾透露的蛛絲馬跡，意圖尋獲被時光湮沒了的，昨日盛大的心境，以及留存在昨日尚無暇動用便已永久作廢的熱情。

我極力思索，像乾枯的巨樹，賁張枝椏，渴尋遮身的茂密。卻只有烏鴉的陰影偶爾降臨。

21.

美景不再造訪我心。

一種慵慵，一種倦怠，遲鈍，一種午後山頂突起的濃雲，時時光顧我們愈發短暫的歡愉後稀薄的心情。我們，啊，我們傾向於一種「對任何事都覺得沒什麼好高興」的清醒。

我們淺睡於一種不同情的清醒。所以，往昔叫我們窘迫。

翻開日記、典籍和四處棄置的作品，我一次又一次地發現那時銘心記錄的，盡是些此刻看來微不足道的事──美景不再造訪我心。

21.1.

美景不再造訪我心。

我打破撲滿，沒有一個美好的感覺完整地儲存，甚至一半，甚至千分之一。只有概念的空殼，記錄成蟲蛻變的遺跡。

21.2.

我大量屯積的，都只是留存不住的。從街尾到古墓盡頭，沿途是棄置的各式容器，一種像時間一樣無法掌握的珍藏，誆騙了所有企圖保有它們的空箱……

這些發生在我歷史上的巨大騙局，正是藝術家的幻想中，唯一的真相。

21.3.

我漠視這樣的真相。

像遠古神話，這些蒸散了的神祇，無法眷顧祂們行乞、敗落於廢墟間的子嗣。我的作品一旦不朽，便羞於去認它們所由出的感覺⋯⋯

22.

我們在密室的對話不停地被打擾。先是女兒按電鈴和進出關門的聲音，再是人群腳步上的泥濘，間雜牛羊之蹄；還有遠方的飢饉與近處的痼疾。

22.1.

層出不窮的攻詰、殺戮、內幕、內幕的內幕；各式的暄嘩、憎惡與敵意；各式的氣急敗壞與挫折；我們最親密的人、還有我們自身的叛離；各式的擁擠，各式的空虛；像惡夢一樣的，各式的政治活動與修辭學；各式的欲求與各式被輕易蹧蹋的美麗軀體與靈魂；各式被不可思議地揄揚的爛作品……

22.2.

我們在展覽會——我們冷清的回顧展——遇見了那個程度不錯的年輕人，太強的主見使得他即使提出和你相同的喟嘆，都是用「但是」做句子的起始。

他不可抑止的討論衝動，翻攪著我們鬆散話題每個可議之處，硬是要在每個句子結尾紮上一個妥當的結論。他是這樣地孤芳自賞，熱誠地提出看法，卻不希望別人立即表示同感。那會使他覺得他的看法太平凡。

在展覽會場的那個青年介入了我們的往後的幾

次活動。優異，卻因強烈自我意識的蒙蔽，有著極不體貼的幼稚舉止。

他了解我的哲學，但不了解我的心情。

我想念了。

她不了解什麼

她以溫柔吞沒、溶解了亟被了解的事物……

22.3.

清醒使我生病。

23.

美景不再造訪我心。

我再次回到故鄉，卻在導遊的旗幟底下。我一直想補充他不知道的更多典故，卻無人理睬，不成篇章……

像一個人被往日的自己所超前

他忙著跟你解說

你所創作又忘卻了的事。

像面對睽違許久的友朋

如今，依舊很多人嘲笑他──心裡又偷偷地信賴他。尊敬他。

而你的聰明正好止於最平凡的程度：恰巧使你知道你沒有可以得意的地方，恰巧使你不能尊敬自己……即使在別人的盲從，的支持下……

23.1.

「像從傷敗中爬起

我們已落後他們太遠

必須抄那更危更險的捷徑

──而仍希望

沿途更將出現預想不到的絕景。」

盛況已經過去
真實終將到來

24.

盛況遠去
真實到來
我們私藏於最初的
最後的轉寰
像巨大的變革後，不確定的身份。
每日，我們回到沒落的大廈，等待、觀望、無
心對談。

24.1.

對我而言，所謂「青年△△△時期」的消逝，
意味著「最好的」並不在我們手裡，甚至不在
宿命所給予我們的任務的清單裡。
我們沒有資格，沒有能力，去完成或接近心目
中最好的事物。

24.2.

真實到來。
車聲擾嚷的街邊，木棉樹靜靜的上端，
心思的轉角
使冒險者倦怠的叢林……

24.3.

一個跟鎗。路人怒目相視，惡言相向。你憂心
忡忡。但以幻想規劃新社會的同時，巨大的負

擔已必然地滋生出特殊的自我意識；你以為和世界的法則相熟悉，甚至還有血緣關係；你努力思索，因為你習於成為中心；你努力思索，釀造出人文思考的氛圍；人們進來，全成了你的題材與道具。

24.4.

每日，我們窮騫地走在匆促的，通往大學的街上。各式各樣的人在四周生活著。他們是如此地根深柢固。公車急急停在路邊，又揚長而去；看報紙的中年人以有力的眼神壓制了你柔順的觀察；女孩擦身而過時，正被悲苦所襲擊，無視於你的探索。

他們是如此的根深柢固。

24.5.

而我們的想法，也許只跟愛人們說過吧！自然她們是聽從你的。但不知會不會比她們的愛情持久。

至於少數的其他人，我們大概也委婉、保留地透露過。他們點頭、搖頭、討論，其實對我們的想法是睡眼惺忪的⋯⋯

24.6.

真實到來，像塵埃掩蓋了書桌；像大雪禁錮織花的草原；像繁褥的市招遮蔽了星座

髮茨間的沼澤
乾涸
陷住天鵝的足跡
蘆葦迅速蔓延
垃圾傾置
在不安穩的睡眠裡

24.7.

真實到來
因為偉大的樂聲已無法將你我掩蓋
我總在音符之海中露出頭來
聽見
唱片上的雜音。

24.8.

真實到來
因為我有了比睡醒更醒的寂寥
那麼真實
幾乎無法被任何愉悅、美麗或
其他真實掩蓋……

25.

我在暗室裡獨舞
心裡卻始終畏懼著
一把不存在的椅子

25.1.

我在暗室裡盤坐。遙遠的雨聲和車聲從牆壁滲
進來，在我的聽覺裡因尋不著聆聽的主體而找
不到意義。鬆散的情緒像鬆散的蕈菌迷慢在思
考的每個潮溼的角落。

25.2.

在其中一個角落
我聽見他以做錯事又有些得意的口氣說：「我
是個為真理服務的扯謊者。」

25.3.

在掛著草帽與榮譽狀的角落，我聽見他說：「我
是個為文學服務的哲學家。我創造意義。雖然
人們輕忽我所創造的，而寧可信奉更早先的人
所創造出來的意義」

25.4.

在陽光的闌尾
在旱災的金色高原上

我們參觀一座未啟用的水庫

我悚然看著一部部挖土機
向地心深掘
彷彿就要觸及有血有肉
有痛覺的
大地的肌膚

25.5.

在放置木櫥的角落
有一團漆黑的時間盤據在那兒
母親珍藏的瓷器盛滿了古老的憂慮

25.6.

在德黑蘭的地窖裡
我聽他哭訴著愛人的婚禮。

25.7.

太多，太多的事件沒有收入作品裏。

25.8.

但是我跟你談過 X 嗎？談到我的創作，我的靈魂，我不能不提起那稚氣而神祕的唆惑者。

我跟你提過 X 嗎？

她是那麼漫不經心地鑄造著我，使我深深懷恨：擔心在這輕率的態度下所創造出來的我，將破綻百出，以致她不肯將之供奉於殿堂。

26.

清晨，蚊香還在她汗溼的床側遲疑，陽光照耀
著天線，雀鳥的噪叫從樹叢後擲出。樓下，孩
童推開豪華公寓的大門，趕著上學。室內，我
摸黑重新放了那張唱片。沒繞幾圈便走調了。
接著我要去開收音機，卻碰翻了空茶杯。

我聽見她背誦：

「親愛的ㄌ，我們要為未來創建更多的廢墟。」

27.

有許多問題
無法分解或整理成單一的問題

27.1.

我們只希望，有些時候，釐清問題的速度快過
發現問題的速度；發現問題的速度快過問題發
現我們的速度……

27.2.

「但是有些事情，例如人性，你把它簡單地看
待，就可以有效地處理 ── 更多的思索並不一
定比粗糙的行動對知識更有貢獻
有些事情，只是你個人內心的經歷，在人性中
存在，在歷史上卻不存在。」

27.3.

「我不知道你所說的歷史是什麼，但是我相信，
此刻在我意識的沼澤棲生的，比那些典籍準確、
真實，具體……」

27.4.

他們兩個一起看著我，等待我的評斷。我縮在
椅背裡，無法思考他們的爭論。

27.5.

我想起Y。不知為什麼她今天沒來。她的理論不十分出色，但擁有強烈的，對人不對事的，我們無從捉摸的女性智慧。那種嫻靜又莽撞的誠實與無辜使她自然發散女性直覺的威嚴，成為最被計較的評判者。

她的影響力來自我們的弱點……

27.6.

但我跟你提過 X 嗎？

27.7.

他們等待我的評斷。

我無言以對，推開座椅，我說：

「下課。」

巨匠不再出現

28.

那天晚上，我來到室外，有雷聲在低霾的雲層後銜枚疾走。閃閃電光中，是草木慘暗的容顏，與花下擁吻的青年。

雲層在天空海戰，大雨滂沱，似無止息。在躲雨的屋簷下，我看見一朵朵的雲，中彈起火；天空充滿光怪陸離的訊息。

當一排花影倒向窗台，另一排花影衝進更茂密的樹叢裡，遠處有重物落地——像貓或入侵者碰翻了桌几。我看見了廊下安詳的佇候者。

我們互換一個眼色，沒有多餘的話語，宛如在這陌生的起始之前，已經會過千百次。我們髮鬢盡溼，在招呼裡仍有冷漠的倨傲。

隨後，我靜靜跟他繞進文學院旁的暗巷。這條暗巷我以前不曾注意到。就像被夢境孵化一般，這些多出來的現實如此自然，絲毫沒打擾到我跟從他的意念。

在匆忙的腳步中，興奮與好奇幾使我喘不過氣，尤其以這樣的速度跟他走這全新的路徑，所需要的默契，耗盡了我思索的力氣。

起先，我還依稀聽見雨打在中庭的聲音。不久，我們深入黑暗。充實的黑暗填滿了軀體外的空間，我們的視線也被溫和地包裹著。

只有行進與呼吸在寂靜的走道弄出很大的聲響。像古怪的詩人在不愉快地朗誦。

我一聲不響，壓抑問話的衝動，使自己像個嫻熟的使徒。

我太混亂，太興奮，腦子裡閃過一千個念頭，像風吹閱棄置荒野的書，不足以引導自己的行動。

真的！彎進一條陌生而熟稔的夜弄，在視線與心思的盡頭有了全新的遭遇，是我曾經幻想過的冒險。那種另闢蹊徑的孤獨與快意，好像在時間龐大的蠕行行列裡，叩訪到分歧開來的密道，讓你的宇宙（夜空）更深沉，靈魂更充沛，感覺更紮實。

在潮溼的石牆後，我相信，是書庫裡成排的書架和典籍──啊！有些典籍就是密道──

我們走了許久，覺得牆壁的質地和形式在急速變換；雖然伸手不見五指，但在混亂的感覺裡，似乎經過了陳舊的隧道，下水道，墓穴的通道，書庫和標本陳列室。

我的腦海不停呈現各種昏暗的圖象，他們急速消滅，消滅的方式卻又記不起來。

他吝於說話，這樣最好，因為我不急著知道他的事情，我有太多事情要想。

在文學領域裡，一念之間，就有截然不同的世界。

終於，我們來到出口，在我幾乎已經忘掉入口的時候。那是一片住宅區中央的廣場公園，侷促、模糊但感覺得出設計的精緻。我回頭看，只有一片暗蘊事件的漆黑。天空，是帶著溼意的晴空，季節應是初秋。

領路的人，又回頭向我示意，這次我無法正確

地把握他的意思。

他的臉像文學家，偉大而不知名的那種，也許他長得像一本晦澀的書的封面吧！

他當然也不是完美的人，憑藉這些不完美的感覺——例如過度憂傷的眼睛——不夠優雅的步伐——我才能繼續意識到他是個陌生的人。並且想：他會不會認錯了人。

我已厭於不自覺地接受這種靈魂的冒險者必然的幸運。

雖然我還是需要他，並不時地創造他，但是這容易使我對事實，對不須冒險的事停滯不前。

這時，他又向我使了一個眼色，像一個容易不耐煩的人；我很快跟上去，走過這個家家都在安靜地舉辦通宵達旦的舞會的住宅區。

這時大概是初秋，兩旁搖曳的密樹發出沙沙的聲音，偶爾篩下枯葉。街上沒有行人，沒有動靜，但每個門窗緊閉的住宅都燈火通明，有的樹上還掛著一閃一閃的彩燈。但是太靜了，像一場反常的、節制的——另一類靈魂蓄意制定的慶典。我走在街上，被兩旁溫馨的宅第引出錯亂的想家的情緒。比較令人困惑的，是早先在家的日子裡，眼前這樣的街景也曾使我經由不曾經歷的場所首度產生思鄉的情緒。

這時，由於不專心，我已不能和引導者保持聯繫。保持距離。記憶中交疊的影像取代了此刻的視覺⋯⋯引導者已經在我前面兩個街口的地方了！但他的聲音太近，好像就在床前，我聽

不清。他可能在對我某篇小說作極苛刻的嘲諷……。

當我再度清醒，以至於真的在這塊夢土落實時，引導者早已不見踪跡。我並不驚慌，對於這類型的交契，我總是在超越他時，便將其揚棄。

這時已是初秋。破曉。空氣中有朝露的清涼。住宅區的華飾和燈光業已撤除。鐵門仍舊緊閉，這時看起來就像現實的中產階級的住宅了！它們是如此平淡，似乎為了要做為邪教祕密集會的場所，才如此地收斂。

我急於獲知這兒的地名。在巷弄間穿梭，有幾次我幾乎相信，衝破這片陌生的佈景，就可以回到我熟悉的年代和街道。但我沒這樣做。

就像我在創作初期所做的——我沒這樣做。

就像創作初期所做的——我沒這樣做。

29.

好不容易，巷尾的鐵門打開，走出一個平庸的
女佣 —— 一個遲緩的東方婦人 —— 背向我遠
去。許久，當她消失，而我頓時覺悟到，她是
我唯一可以接觸與探問之人。我後悔不已。
我還期待著什麼呢？當我一方面搜求此時此地
的知識 ——"知識"時，我還多期待了什麼呢？

祖先之廟

30.

我和嫣然終於來到國土正中的荒原。在一條寬廣的石砌步道入口躊躇不前。我們還得走上好幾里路，但是無雲的西天微酡，朔風更頻了。

入口的青石牌樓上鐫著「祖先之廟」四個小篆；但極目所見，沒有一座殿堂。只有一條筆直的、墓道般的路，以及道旁遠方一群群來自各地的，冥想者的營帳。他們大都是年輕的學生，帶著簡單的行囊、乾糧和詩集到此靜住。

這便是屮族人的成人式了！不論男女，在上了中學之後，結婚之前，他們得挑一段時間，結伴或獨行，從全國各地，到此瞻仰「祖先之廟」。這一大片沒有風景的僻地上，因此隨處散佈著成千成百的學生社團。尤其是暮夏的此際，無數的野炊昇起淡淡的旗幟；偶爾飄過烤肉的香味。

我們和一些年輕人遠遠地打招呼；沒有喧嘩，沒有觀光的心情。在此，只有深摯的友情或同志愛在初識的青少年之間滋長 ── 那是瞻仰「祖先之廟」的真正目的 ── 然後他們離去，帶著一些感染到的深沉、寂寞與勇敢。

所有人都得打赤腳，走上這光滑、漫長的步道。在盡頭，更荒僻的地方，一座面積大到遮蔽了四面視野的平台，在胸部的高度開展。有柱痕，但沒有列柱，沒有任何建築。除了最中心，一

座丈高的石碑。寫著：「頂天立地」。

這就是「祖先之廟」。一里見方的大理石塊。結實地鑲在版圖中央……

向四周闢出的步道分隔了瘦瘠的原野。嶙峋的怪石叢岩間曾有狼群的遺跡；風聲肆意切割這凝積的沉靜；下沉的陽光緩緩摸索碑上的大字；上昇的心情卻無處可依。

我們周圍散佈著表情深邃的少年。他們或垂睫低思，或曠然遠矚，總是一言不發。偶爾我們可以聽見一些嚴肅的討論；說話者的態度穩健成熟而且專注，無睹旁人的駐足與頷首。

他們來此思考、緬懷。想以最清澄的神智，最寂靜、無牽絆的官能來面對一個被孤寂的大地襯托出來的自己；細品這個民族千百年來所跋涉過的路途。心酸、困厄與飛揚跋扈。

沒有任何古蹟、珍藏或其他紀念物。這兒，朔風之外，天圓、地方──來這兒的人，並不需要任何器物來激發他們懷想。

孑然獨立足以使人們理解到「智教」教徒自始至終的迷惑與感傷。

日落的時候，荒野上點亮了繁星般的營火。悠揚的歌聲甚至迷漫了光線照顧不到的角落。

年輕的學生喜歡唱：

「最美麗的事物還沒出現

它正躲在你的心底張望。」

一個夏京的歌手使這首歌唱遍全國。因此每個人都會唱兩句，我也依稀記得其中不太合理的一兩個字句。

更遠的地方，是個因「祖先之廟」形成的聚落。那兒社團、酒坊林立；多采多姿的文化活動盛大而頻繁，儼然是夏京以外最引人的文藝重鎮。ㄅ曾到此演講，帶著患病的ㄷ。

ㄅ親擬了「祖先之廟」的設計。

「我們的心中該有一塊更大的空地，裝一些偉大的心情、美麗的念頭或崇高的廟宇。」

30.1.

青年時期的ㄌ，並為太迂遠而顯得無稽的文化理想，設計了同等無稽的宗教信仰。智教。

「當美麗與智慧聯手，沒有人可以抵禦。」ㄌ說。
人們猶記得，在那古舊的酒坊，一些閃動的目光「這是新文明初啟的時辰，
我們不要急。
在夜的尾聲，我們妥善地準備自己，次第亮起眼睛，並且靠在一起……」

「一個從悲觀的知識出發的自我追尋之旅
也許可以發展成民族永恆的盛會？」
他坐在圓桌上，反覆陳述那些彷彿不可能屬於當世的，美麗的奮鬥計畫。遲到的 L 心不在焉地站在門邊，被罕有的驟雨淋透的外套忘了脫下，靜靜滴水在鞋尖。

「我們正意識或無意識地被推往下一個時代。坐在歷史的旁觀席上許久的，滿懷野心與幻想的我們，由於預見無從閃避的難題與美景而坐立不安，蓄勢待發──我們勢必發聲──而思索是唯一的音符……與美學。」
「思索是把握──是和問題周旋唯一的樂器」
ㄌ抬起頭，額頭盛滿陰影與光芒：「在無盡的草莽迷途，被龐大的空間平面化了的我們注定

只埋頭伐刈以思索求進──我們必須不停思索
──為什麼不讓思索成為一種樂趣？」
智教的構想，是為了草擬一種思索的樂趣。

人自身如何脫繭成下一個時代的宗教呢？
這將是我們的話題。
ㄅ說。
我們，一群此刻落後的人，不要放棄「搶先為
下個時代的人類謀幸福」的努力。

智教只是思索的樂趣。
ㄅ說，但是確蘊含新文明可能的生機。「關於
它，最差的結局是，人們對於我的妄想嗤之以
鼻，或者連我自己也隨即忘記──那又怎樣
呢？淪為一部差勁的文學作品，就是它可能的
最大悲劇。」
「但是，比這最低限的預期稍稍好一點的結局，
都能讓我滿意──只要這個構想被大膽完成，
在感動我之外，也吸引、感動或影響過第二個
靈魂……」
我沒有什麼損失，在這已教我興奮、窘迫的心
智探險裡──除了一部可能作廢的文學作品，
或一個被惡意曲解的傳奇──但其中已有我最
真誠的貢獻……
這個哲學實驗的美學呈現，沒有超自然的興趣，
也沒有隱藏在信念之後的固執與敵意──它只
是一部溫柔極了的理想主義……」
L 靠在門邊，塊狀的思考在大腦裏進進出出。

急速移動的念頭後面，不時造成風阻後的真空，形成吸力，把一些蕪雜的感受也一併帶入。L 幾乎就等於ㄌ，後來的人幾乎都曉得。但是他們不知道 L 當時只是靠在門邊，不久便離去…………

「下一個時期，是友情的世紀。友誼將取代家庭成為人們經營生活與寂寞的重心；共通的人格結構與興趣，將取代血緣與其它既成的人際關係，成為社會組織的基本動力。空間，不是時間因素，形成人們認同的要件。我們遠離根源──因為「文化發展」情緒上意味著對出發點的遠離。

下一個世紀，人們將更孤獨，更急於了解自己。」

人自身如何成為下一個時代的宗教呢？他們曾盲目信仰一個又一個虛擬的神祇。因為他們無法面對也無法忽視自身的脆弱；他們需要一個永恆地擺動的搖籃，在眾人虛弱垂泣時，哄他們安然入睡……

人們當然也能信仰一個更真確有據的對象，這個對象即使對一個不相信的人也有不容否認的認知力量。

ㄌ說：

「那就是人自身犯錯的無限的可能性。」

……所以在我們的神龕裡，我們暫時供奉著自己的弱點，或犯錯的可能或人類其他種種的侷

限。我們供奉這些不是為了歌頌與認同，而是
為了永無休止的惕勵與驚心──而誰，而那種
存在可以否定這麼一個被輕忽許久的，絕對的
真實呢？誰，唉，誰能打敗我們的惡神呢？

沒有。
沒有。我們的教義憂傷的說。

那是永恆的抗爭。人們沒有一勞永逸的知識逃
離奴隸著我們的，犯錯的可能。

我們只有
和那相隨而來的，人們無限的修正與改良自己
的可能性，與熱誠。
但這不足以被置入神龕。
無數的銀河系仍不足以點亮整個宇宙啊！

但那是我們僅有的機會。或香灰。幫助我們短
暫、局部地馴養與我們相生的惡神。
脆弱的我們就是我們自己僅有的機會：
軟弱、有限的理性以及
輝煌、短暫的感性
以及地位神祕的想像力是我們反抗現實，爭取
進化僅有的契機。

「對自己或別人犯錯的可能，我們都必須隨時
牢記。
如果大腦需要休息（需要結論），請選擇一個

和智慧不衝突的、不阻礙更好的可能性的，風
景優美的地點。」
「理性，」ㄅ說：「必須永遠流浪。因為
它不能去冒那
被植根於錯誤的花盆裡的
危險。」

我們永不能停止自我批判。理性的懷疑是我們
和更上一層的存在，唯一聯繫的途徑。
在那一層樓面侷促住著真相，龐大的真相；我
們可以認知而永無法窺其全貌的，「神」這一
觀念無法涵蓋並充滿誤導的
巨大如同存在整體的
真相

所以智教沒有目前以外的，人的世界以外的神。

只有一些無由或無稽的感傷。

ㄅ也許不曾在彼演講。但人們猶記得，在那古舊
的酒坊，一種全新的友誼怎樣在悲觀的知識的催
化下傳遞開來：「人類沒有外在的神奇助力。只
有彼此的扶持。真理從不是我們的故鄉。」
雖然，對於真理，我們一直有著錯誤的懷鄉。

ㄅ在出版那部作品之前，徬徨了許久：
「親愛的ㄅ，這將是我為你而作的第一部作品
我興奮、羞怯、充滿熱情

我自信、愉快、年輕，不熱衷辯護自己的行徑
但是
最先知道、發現的人
注定受困於渴望告訴別人的衝動⋯⋯」

30.2.

青年時期的ㄅ幾乎被他所杜撰的故事矇蔽了生平事蹟。他耽於幻想，無暇去實現。
但又何必實現呢？最多，我們只為曾有過的奇妙念頭在往後終不能重溫而感到淡淡的惆悵

「事件的無法重覆，展示了時間的威權
使發生在我們身上再微小的事，也顯得十分離奇 ── 但那雜陳於不牢固的大腦裏的編年史終有不容竄改的黃金時期。」

接近的人說，ㄅ在出版那部作品之前徬徨了許久。據聞，他曾在大學任教，酷愛生理學和玩模型，然後出現在一家飛碟工廠擔任人事主管；甚至有個時期加入一個激進但不出色的藝術社團。
他出現在各種不可能的場合，以至於人們知道這些身世都是假造的
「但沒有關係
它更有助於了解我
以及掩飾我。」

人們猶記得那是一本語意晦澀、亟欲說理又蓄意躲避邏輯氣息的小冊。正如他一貫的風格：用撒謊的態度作最真誠的告白。
那是一個驕傲又自持的人對他所不能了解與信賴的讀者所能採取的

最真誠的寫作方式
只讓可能懂的人懂。可能了解的。
對於可能不理解的人，則綴以其他訊息。

像一個人朝黑暗的大海寄出許多瓶中書
向虛空闢出一個特定頻道卻不期待回音……

「即使如此，在稀有的閱讀者中
大部分仍不是我們所期待的人」

…………

許久以後，在書的結尾，源自東南海島上「行星」的成員開始局部但明顯地介入施政機構。這些必須經過「性格測試」，嚴格挑選，並受有效哲學與美學訓練的使徒們，終於有機會試探性地實踐了那寓民族改良於個人改良的文化理想。他們自命為「行星」；訓練出來的師資為「彗星」，這些人又被派到各地去培養精選出來的教育人才「種子」。

均衡、悅人的性格是他們首要要求與特徵，宗教是他們的動力；美是他們的理想與工具；知識是他們的目標；理性則是這一切夢想的本質。這就是智教。他們終於透露出來。

「智教的不二法門是自我改良。
在自己的變遷中審視自己」

人們猶記得其中一些口訣和歌曲：
「思想是無法被取代的事
我們必須清醒地執行
每日餵以縝密的觀察與感受
讓我們的靈魂充分地發育。」
「以現有的條件
爭取更好的條件
並用盡它們最好的可能
編造自己的生命」
警語張貼於隨處可見的穿衣鏡。

的確，「行星」的成員習於端詳自己，帶著些微的自戀或自我期許。

大約一個世代，「終極個人主義」終於成熟地過渡到「翡翠時期」，垂老的屮族產生了為數可觀的新青年。他們意識清明、溫和克己；擁有適當設計過的感性與充滿自覺的思辨力，以及創造力──最重要的，他們把優秀的屬性和德行又重新融合在一起；使人們企羨認同的「力量」與社群生活所依賴的「善意」在智教的價值觀中合一，即：「優秀」的判準來自於一個靈魂對另一個靈魂瞭解感受與掌握的能力──這條來自知識論的道德律，使得秀異的強者往往正是最體貼與同情他人的人。

他們是屮族新興、驕傲的典型，活躍、愉快、導引了社會的情緒。他們全是「種子」。

「種子」分散四處。

即使敵對的人，一旦經過意識的提升與清醒的

過程之後，也不得不承認彼此的雷同。

「理論的主張只是人格結構的幌子；歷史另一個可能的意義，是個體的基因藉由文字的概念遊戲實現自我的過程……」
但他們將發現改良過的麥子將比未改良的稻子接近改良過的稻子。

「人們猶記得那年在江畔，全國性渡江游泳比賽的前夕，已經狂歡了整整一個月的各地遊行隊伍興高采烈，通過當年度首都的銀杏廣場，同時展現或舉行了一套又一套典雅、動人、有趣的儀式……
在子夜，那齣復原了楚辭精神的撒滿教迎神曲，以它神奇瑰麗的聲光技藝蠱惑了在場的人們，並向他們娓娓陳述整個民族神話再生的過程，直到天亮。而他們也熱切地把自己當成靈山秀水與岸芷汀蘭的後裔……」
是的
文明便是不停地創造儀式
創造意義。

「行星」具體化了「智教」的企圖：讓個人內心的慶典成為整個社會的慶典。

「自我改良……」
「把這樣的衝動

深植於對自身存在的敏感與憐惜。」

「崇拜最好一種的自己。

人們對較好的自己開始好奇，整個社會、整個文明也就有了更高的動機。

所有的『別人』，將在人人習得自處之後得到更佳的禮遇。」

這時星群由於夜闌人靜而下降少許：「然後，一種文明後期才發展成熟的自我意識與體貼將……」

31. 智教斷簡

被尋求的主神：
位子就空在那兒
永恆的□□□□□啊

我們忍不住的嘆息……

至高無上的知識：
我犯錯的可能。
它端坐在彼，心虛，猥瑣，不為人注意
……………………………………

智教本廟□□附近的「有我之殿」，有一巨
大的鏡面，在甬道盡頭，如初昇、森涼的
巨日……一人們在殿中的渺小被這幅巨鏡的
裂縫襯托出來，並留下那短暫與生疏的身影。
「有我之殿」就在□□的山谷裡，大門兩側
刻著「未完成」、「不完美」各三個大字。
這座像是水泥粗胚的建築一次只容許一個人
單獨瞻仰。山谷後半截是「無神之殿」——
一座露天的、四面高牆有無數小窗如窺視之
千眼的聚會場，殿內起伏著幾處高台，和其
上莊嚴、破舊、無人動過的座椅。水窪被精
心地散佈其中。
「有我之殿」橫匾：「一心向上」
「無神之殿」：「無限嚮往」
偶像：

我們為供奉的心情四處尋找偶象

我們太尊敬自己的尊敬，找不到可以屈膝的對象。除非 —— 最好可能的自己。幾乎不可能的最好的一種自己

或人的各種最好的可能性。如□□、□□□、□□□……

明鏡因此成為我們祕密供奉自己的場所。

經典：

一本簡要的詩集，沒有書名

「日典」、「夜典」，「你之書」、「我之書」，「無稽之書」

創教者：

□、□、□□、□□、□□等五人

一說是ㄅ和他神祕的學生

一說幾個姓名其實同屬一人

關於他們的傳略，「日典」記載如下：

□（可能是ㄅ），這推論來自一些片斷陳述。根據「日典」，□沈迷於天文物理和靈魂分類學，在那客觀與不客觀的抽屜裡，收集、整理了各式標本與數據。其他稀有礦物來自意識邊緣的知覺經驗，及斗室的發呆……

懷疑論傾向：他有意無意閃避著人們的結論甚至以拒絕自己的結論來抗拒別人的結論。□（可能是ㄆ），哲學教授，理性，對自己極端誠實。ㄆ是最會內疚而因此安於內疚的人。□，ㄇ，沒有特別的經歷，後來和仙女結婚。□，ㄈ，神祕的，我們捨不得透露的人。ㄅ是我們的叛徒。

勹是我們的叛徒。

唉，因為他把我們的文化理念變成了「智教」……聰明一如注定叛逆的人，他憂傷而習於哄騙憂傷而習於哄騙的人，怎能不成為人們歌頌與追隨的人呢？

他就是因為享用了人們的期望或宗教情懷並貿然接受了他們的愛戴而為我們所不齒。

他為我們營造了□□本廟

他為我們創建了智教

他為我們撰寫頌歌、闡釋經典。但

他為我們所不齒……

「他之書」關於口的記述：

□（在此可能和勹混淆）完成了「日典」。

他曾經以臉頰緊貼著印花床單，在破舊的小屋裡，沿著他的幻想在床單上所鋪張開來的美麗國度，渡過奇異地清醒的童年。

他宣稱，在記憶起繭、靈魂蛻變而使我們不復正確捕捉更早的事物之前，一些相當奇妙的事件造訪過他孤僻的童年。

這些如此難以被成人的宏觀世界所理解，他不得不努力把當時心中被激起的壯麗思想挾帶到你嚴肅閱讀的跟前……

組織：

　恆星：形式領導者，由「行星」互選產生。

　行星：九人，由「彗星」中遴選。

　　金星：掌組織、宣傳和園藝

水星：掌精神分析、性向測驗、諮商和化學

地球：掌行政、例行活動

火星：掌非例行活動

土星：掌教育、巫術和相對論

木星：掌創作和文具店等生利性事業

海王星：掌監察、修行

天王星：掌教義、研展

冥王星：掌儀式（含景觀設計）

彗星：人數不定，職務不定，行星助理，由
　　　衛星昇任

衛星：人數不定、由種籽昇任

種籽：通過人格測試、思維訓練與禮儀（美感）
　　　訓練等三階段之正式會眾。

流派：

金色教派：

1. 相信世上唯一的奇蹟是人的想像力。

2. 由「水星」和「木星」發展而成。

3. 強調創意、美感經驗的呈現與收藏。

黑色教派：

「夜典」闡述者。強調自省或自我改良的知
識論體系。重視儀式及生活的感受。

紫色教派：

俗世事業、教育部、政治、社會與觀念實驗。
幻想小說「日典」是基本的實踐綱領。

白色教派：

研討生活的方式，快樂的途徑，過程，意識

消逝之前的各種過程⋯⋯

在人性的礦床，文明的廢墟、我陸續摸索到這

些⋯⋯現在，請跟我唸⋯⋯

　　「沒有神，只有神祕。」

　　「沒有奇蹟，只有想像力。」

　　「沒有永恆，只有短暫忘卻的歡愉。」

　　「沒有結果，只有希求；沒有終極的意義，

　　只有努力說服自己。

　　「沒有其他助力，只有自己。」

　　「沒有成就，只有自己。」

　　「沒有，只有自己。」

　　「現在，我們的知識

　　已到了盡頭

　　已到了盡頭

　　已到了盡頭

　　現在，我們的疑惑

　　已到了盡頭

　　已到了盡頭

　　已到了盡頭

　　現在，我們的好奇

　　已到了盡頭

　　請跟我唸：

　　□□□□□

　　□□□□□

　　□□□□□

　　□□□□□

　　⋯⋯

夜典

——當人們離開別人孤單入睡，那兒有一片未開發的事業。

32.

黑暗總是統有一切的一半還多一些。

32.1.

令人憂懼、逃避——令人昏昏欲睡，令人著迷。
那些無中生有的祕密……。
像所有已知曉的未知以及隱藏在所有已知後頭
那些未知曉的朱知……

32.1.1.

當她端坐在彼，華麗的衣飾，光潔底額頭，赤
著腳，如臨時退卻的赴宴者；暗自有了一個結
論或發現，間接和我有關的。
我放下正在把玩的，方向盤大小、輕若蘆桿的
外星航具殘骸，涉過絨毯，來到巨大羊齒盆栽
旁的她身邊。而她是如此專注，以致於第一次
錯過了我的好奇。
我有預感，雜念叢生：分辨不出那呼之欲出的
嘆息會有什麼意義。

32.2.

來，闔起眼睛。當視線被矇蔽，正是想像力的創世紀。

32.3.

當夜來臨，知識將迅速走避。

32.4.

當夜來臨，所有的雲迷失了回家的路徑，所有星星卻暴露了行跡。只有狼群總是盤據著夜的核心。

32.4.1.

但夜是溫和的，被動的，像黑暗的養子，一個憂傷而有權勢的人，對畏懼著他的子民漠不關心。

32.4.2.

當視線被矇蔽，而其他的感官裹足不前；我們混濁的心智，由於外界的刺激停止攪拌，使種種雜慮有了沈澱的時辰。
意識清明，寂寞驟增，那是一個探訪自己的時辰。

32.5.

但夜是溫和、被動、漠不關心的。他靜靜蹲踞
在寶座上,只希望我們給他一個最索然的敬禮。

32.6.

來,闔起眼睛。睡眠就是夜的儀式。平面的,
散開的、流質的睡眠就是夜的祭典。

32.7.

「來,闔起眼睛,睡眠,睡眠就是夜的祭禮。」
ㄅ濃濃地,甜甜地說。他狡猾的眼睛溫柔,卻
沒有睡意。

33.

至於死亡，啊！我們始終逃避的話題
是比夜更深，更濃稠的謎
祂呼吸二氧化碳，是知識與希望的禁地
最自我中心，最輕——以致於重量為負數的存
在
我們曾用各式意義來妝扮它
藥浸布纏的軀體、金鏤衣、無限小數般的咒語
甚至最不相干又最神似的，永恆……

然而死亡依舊只是死亡
就食於我們惡夢的被窩裡與無所不在的
知識的空隙
像夜中之夜，吞噬各式探索，各種分析
像驅光的光，一經點燃，一切乍暗……
緊緊靠在身旁
呼吸著我們吐出的二氧化碳……

33.1.

歷史的暗流之一，是人們對光明的崇拜與
對黑暗的膜拜……

「我想訴說ㄅ的故事。當他的吻正沿著我頸項
來到耳際。」

對於ㄅ——我們的異端，我們興旺的黑色教派

——親愛的ㄅ，我們該如何對待？當一個虔誠地拒絕虔誠的人，說服了我們所不曾說服的人，光大了我們的宗教。

一個把憂鬱當作修辭學對象的人，杜撰許多浪漫的故事，制定許多繁瑣的儀式，使得他的使徒著迷。

因為那些無意義的動作，被渴求意義的人，讀出更豐盛的意義………

他總是穿黑色的服飾
「這個時代不屬於我們——
沒有一個時代屬於任何人——
只有我們最好的或最壞部分可能屬於我們
………」
他總是穿黑色的服飾
「我們必須為自己找尋，甚至創造
更好的時空。」
「在自己小小的方寸之地。」
我們一面努力生活於此
一面把更精微的心思留在我們的黑色教派——
那寂靜、低挹的清明意識裡。

33.2.

「像勒戒深植的毒癮，在這寂靜的角落，我們學著不依賴自欺、夢想，重溫生命中全部的徒然與宿命的感傷……
用理智那粗鈍的刀片解剖著我們的『活著』。

當刀鋒劃開肌膚，注視痛覺的電流怎樣痙攣了
我們的心肌……」

33.3.

ㄅ對著鏡子，打量著自己，黑色的披風像下垂
的巨翼。

33.4.

憂傷的心情將凌駕一切矛盾與快樂相結合。

我們曾偷愉覺得ㄅ是這個平面、粗糙、遲緩、
麻木的民族特別缺乏的人格類型：
敏感、機智、愛得魯莽又害羞、謹慎得近乎懦弱；
冰雪般明白又無辜得理直氣壯；
銳利而持久的理性重疊著野火燎原的感情；
巧匠的心靈與儒士的拘謹；
寬厚的個性；
不退縮卻不專注的目光──
狡猾但對陌生人、對弱者有充沛的善意與同情。
他以藝術創作與鑑賞的心情看待生活裡的事件
與必要的心機；超越俗世法則又陷溺於其中較
嚴苛的要求……

33.5.

「善待自己
但何妨在想像世界中給自己一個過高的期
許？」

33.6

「但是親愛的ㄅ，你選擇較嚴苛的途徑，只是因為你願意，甚至喜歡；甚至想藉此規避另些更平凡的法則或義務……」那幾乎是所有藝術家庸俗的生活態度，ㄋ想，並有了輕微但清晰的忿怒。ㄅ立刻感覺到，並用盡所有的溫柔來減輕她被握的雙手的僵硬。

「你不是例外。」ㄋ懦懦地說。

「我知道，所以我努力使自己例外。」

我站在一旁，感到空前的倦怠。夜如此深，而我卻急切需要一個白熱的正午，讓那暖和的光線注進我因為耗盡精神而收縮的軀體。

我這麼急切，幾乎被冗長的夜憋出眼淚。一種熬夜的暈眩撕扯著快被抽空的肺腑。

33.6.1.

我站在一旁。

ㄅ在鏡前盼顧。

我們的上昇星座開始變色並移向下一個刻度。

「所有感覺與成就都無法解除我的孤獨

所有的掌聲與熱吻、行動與知識都沒有和孤獨打交道的相同的頻道。」

「來自他人的，都無法進到我內心或生命史的第七層……

根深的，宿命的『排斥作用』使人類難以從事

任何靈魂的輸血或移植……
這就是孤獨的主旨
親愛的ㄅ
我如何向你傳達？」

33.7.

但ㄅ，我們的異端ㄅ，大清早起來，還是創建
了興旺的「黑色教派」。

33.8.

在香煙裊繞的祭台，女祭司手持薑花，載詠載
唱，她的黑袍和我們的不太一樣，更寬更輕，
甚至被煙輕輕托起。在這段儀式中是不能交談
的。我打量四周，注意到這座水榭般的殿堂，
無牆無柱，孤立在自己的倒影裡。
我望著ㄅ，不知他在想些什麼。
女祭司從前方徐徐向我後面的殿外移動。沒有
表情，甚至面孔也是極為陌生的一種美麗。她
們的歌聲引發了我去交一種不存在於世上的朋
友的衝動。
我有一種大病初癒後的焦急。
而ㄅ怔怔注視著他的宗教。
下一個儀式，是信眾彼此之間的凝注與探問。
為了培養清澄的目光與人跟人之間的親暱。這
曾是ㄅ的得意之作，也是黑色教派「以目光為
記」的由來──但他猛然站起──我緊緊跟從，
不打算醒來。

即使再謹慎的人
也會懷有夢想……

P.S. 親愛的ㄅ，所以我們終將成功

34.

親愛的ㄅ，我們終將獲勝，在我們緊緊守護的，
無人過問的，靈魂的保留區——甚至在更根深
蒂固的夢想外的世界裡——只要我們信賴、支
持自己的夢想。
也許它不真實，但深切影響著人們的憂懼、歡
娛或文明的，不都往往在現實之中缺席嗎？
我們
終將獲勝。一旦我們掌握了更多的可能……

我們終將獲勝。一旦我們掌握了更多的可能。
我們以自身屬於世界的部分去面對世界，把多
餘但最誠實的
留給自己——留充分的孤獨，給動盪過的腦髓
沉澱——我們將濾出其中最清澄的——但它太
容易昇華——但我們仍將努力保有它，讓它引
導我們穿過擁擠的市區，穿過迷幻的生命街景，
回到不曾謀面的家中……
我們終將獲勝。
只要我們總是急於和明天會面；睡前總陷溺於
不可名狀的惋惜；只要用完晚餐後，我們仍興
致勃勃地跟隨主人的小孩去探視他珍藏的奇遇；
在慶典後的廣場憑弔、幻想；在生活法則的交
通車上，記掛自身神祕的籍貫
親愛的ㄅ，我們必將繼續吸引他們。
我們繼續高談闊論、獨自飲泣
我們必將繼續吸引他們。

只要我們對自身經驗以外的經驗充滿好奇
……
好奇便足以使我們更富有。

34.1.

不實的擁有便足以使我們更富有。

34.2.

「不實的擁有便足以使我們更富有。」

34.3.

「所以他們終將收藏我們的詩篇
熱切地傳述，杜撰我們的事蹟
他們的理解多麼粗淺而遠離我們的本意啊！

親愛的ㄅ，但我們十分滿意。」

34.4.

「當那相貌平凡的女子擠到跟前，想不出什麼
適切的話題又不情願離去；一種同情混雜內
疚與感激的禮貌支配了你的口氣；我以眼色
催促你而你背對著我為她的書本題下你新寫
的詩句 ── 那時我們的詩社消失已近四十
年，你已從欽天監退休，有四男兩女，一隻
跛腳的狗和一個收養的天使。」

34.4.1.

你幾乎忘了開完會後，我們必須趕到「古墓」
和同志們檢討我們在文學史上的失敗
但我們終將勝利。

35.

所以，今晨，我們不須早起。讓陽光緩緩地烘焙我們過夜的穀倉和乾草堆，讓正面最上層的窗和風和野鴿談論個不停。

你就靠在穀倉二樓的窗邊半躺，讓逆光的身影和一擁而上的金色光芒激盪。我空出一顆平靜、懶散的心，看著言語不通的孩童、路過的外星人。時間、空間在打散了蛋黃的陽光裡隨機聚散。

這是我童年所夢想的一座安適的木造堡壘，它就在我執筆的此刻發生。每天早晨對著三樓窗口和我打招呼的孩童可以作證⋯⋯

35.1.

「人類對自己的愛惜，至少有一半要通過別人的善意來完成。

這就是說，人人有義務去幫助別人

完成他們對自己的愛惜。」

所以，親愛的ㄅ，別擋住我的陽光，當我正草擬「金色教派」的快樂規章。

樹葉醒來後
告訴我們這一切

36.

後來，她換了衣服出去

不到五分鐘，她偷偷回來，關了沒關緊的水龍
頭，重新擦拭了水槽邊的廚具；她扭開窗邊的
立式枱燈，當放學的孩子歡樂地走過花圃外的
步道，她雙手按著腿上的書，深深吸了一口氣。
她服飾整齊，赤著腳坐在拖鞋與零亂的高跟鞋
中間。

後來，她睡著了

後來，她下嫁給星星。

樹葉醒來後

告訴我們這一切。

我自身思索（創作）的暗流之一
是表達與遲疑之間的傾軋

37.

從未知
到孩提時期漆黑的傳說
考古出來的零碎神話或史詩
到——
不太真實的記憶
到童話時期
到古典主義浪漫主義
然後是水聲充沛、光影分明的象徵主義時期、
棕色的寫實——以綠色點畫的印象——
金黃漸層到暗紫的超現實、
藍色的寫實以及
斑駁於其後期的失落、騷動、
相對主義；虛無、顛覆、
自圓其說……
當舊識的街上半壁未拆遷的空倉
激起我不太真實的記憶
像一個健忘、中衰的民族一廂情願地看待
他們信史的初期
我細心考古著先前的足跡
妄想挖掘出些許迄今未變的自己……

37.1.

「關於感情，最重要的成長，是不再相信奇蹟。」我說，把頭埋進她的懷裡：「但那是多麼悲哀的事。」它曾經帶給我最大的動機。

那確是悲哀的事，從此你對「年輕」不再熟悉。
我們是否曾經為此哭泣？
醒來的時候，她已不再那裏。

37.2.

「關於知識，最重要的成長，
是我們不快樂地認識了自己。」

37.3.

親愛的ㄌ，這不是這本書的由來嗎？

那一刻，他把書闔上
而心開啟

38.

當夜已深沉
星星和太陽爭著昇起。
這是一項嚴肅的遊戲
為我們終將獲致的自我實現與苛評而設計。
我們繼續守著車牌
等候一班從沒出現的「╳」路公車
又有一個人著迷我們詭異的行蹤
他靠近來

「噓──」

「你聽──」

38.1.

誰能否定我們輝煌、盈溢的記憶？
當我們從中汲取這許多慰藉與歡愉？
誰能忽視我們留在紙上的胎記
擄走我們的女神
擊沉我們滿載香料與驕傲的戰艦？
當它在天空急馳
當它向暗夜施放
肆意施放璀燦的無窮盡煙火？

38.2.

「沒有比感覺更實在的感覺

生命最終的滿足，不是具體可觸的事物
——只可能是一種感覺，隨時因為開了瓶蓋而
消失的泡沫」

38.3.

去為自己買一束鮮花吧！
向我們終究要為自己付出的努力致意。

38.4.

去排隊等車，去生活吧。或者……

38.5.

再為自己編一個故事。

38.6.

但不要透露我們從鏡中窺見的秘密……

謹記我的話
有一天我忘了他們
我將虛心向妳探問

——《畫冊》，1975。

39.

不實的擁有便足以使我們更富有

—— 《泥炭紀》，1982。

39.1.

……

因為我際遇平庸，卻滿懷奇想

—— 《傾斜之書》，1982。

39.2.

我將鳥瞰鷹和宇宙互相追逐
閱讀泥濘、碑銘。星星和每座山頭聯成的虛線
……

—— 《光之書》，1979。

39.3.

（我是矯飾而成的結晶，剝開奧義一無所有，
只有千百種聲音）

—— 《畫冊》，1975。

39.4.

我自身生活的暗流之一
是銀色的幻想與黑色教派之間的傾軋
……

40.

歷史的暗流之一，是…………………………………

親愛的ㄅ，這將是我為你完成的最後一部作品。
此後，我們將只分享自由與孤獨
也許還有這部「泥炭紀」──但，先讓我們把
它闔起。

後記

（不屬於本書，閱後可撕去）

《泥炭紀》的基本材料來自 1974 至 1979 年間的殘稿與札記。它包括 1973 年「異教徒手札」（收進 1975 年《畫冊》）的餘緒及未收進「語錄」（收進 1979《光之書》）的各式構想（我曾在《光之書》的序中提及）；是我青年時期狂放思想的證據。

隨後的時間，我斷斷續續地整理、修補這些作品，到 1982 年才完全具備了本書目前的結構與體系。

從第一次提到要出版《泥炭紀》到現在已不止七年。遷延這麼久，因為我遲遲不能確定分享它的意願與態度。如今，這些已由於青年期的逝去而不再被慎重考慮。

本書的代表思想略早於《光之書》，其中許多字句則可以溯源到我最初的練習作品。寬宥其中不成熟的想法，需要相當的體貼與真正超越了那個階段的心境。為了讓閱讀者感受到——而不只是知道——我紊亂的思緒，少年的我傾向以「節奏」取代「結構」的經營；一直到今天，我還相信這充滿告白的創作風格在某些時刻，對某些人可以發出更準確、有效的聲音。

讓我最後再作一次否定以上聲明的聲明：

我不以為《泥炭紀》需要任何說明；騷動與年輕應足以讀懂騷動與年輕。而我愛極這讓我受窘的，那時候的自己。

1986 年 1 月 21 日

異教練習—2018 年後記

接近《泥炭紀》猶如接近《畫冊》，我會覺得緊張或心虛。

通常，我們書寫的形式、腔調、主題或切入主題的方式，被我們創作的目的、預期的讀者所影響、決定。特別是陸續在各式媒體平台發表作品後，你會熟習某種與市場對話的遊戲規則或態度，適切地去遵循或違背，如此，我們的作品才能貼近文學閱讀的慣性與期待。

但是在創作的早期，熱切、昂揚的我，根本無暇把這些想得更清楚，就迫不及待去構思、探索、表現、實驗……我的好奇心所照射到的對象太多太雜、我的創作慾所覬覦的主題太難太大，更有那不切實際的野心，以為閉門造車、一蹴而幾，就可以原創出讓後世流傳、捧讀的經典，但我卻很少去思考包括實際發表在內之前之後的作為；就像年少時的戀情一樣，我自以為真摯、深刻地和世界打交道，但是很可能大部分時候，我都只是在內心裡進行著自以為是的介入與參與、演出自以為是的苦索與反思。於是，在創作的早期，我生產了大量介於哲學語錄、詩歌、獨白、囈語甚至宗教經文般的怪誕文稿，娓娓陳訴以自我耽溺的戲劇化腔調，那是一種難以歸類、難以發表的書寫形式，但我一點也不介意，因為我正陷身於閱讀、創造、發現、自圓其說、孤芳自賞的狂喜。

這樣的文體從《畫冊》時期開始量產，《泥炭紀》

基本上便是從那以後創作的，大量類似的語錄與扎記挑選、重製而成。其中，比較具現實表現形式的，已先收進《光之書》的「光之書」和「語錄」裏。它的精神和旨趣則一直延續到1979年的長詩《1979》。

不以發表為當務之急，相當程度影響了我的書寫風格，甚至一直到現在。它一方面延緩了我的發表進度，使我的作品可以有較高的規格、較大的篇幅，或較複雜的完成度；一方面讓我有餘裕去探索主流以外的詩歌更多的想像，所以我在《寶寶之書》第二首寫下：

「是不是詩不要緊

我追求的是美味、營養」

再一方面，它也淡化了我和讀者之間互動的想像：減少了對外界反應的關注與預期，我更能專注於意識深層的探索 與表現；減少了訴求於外在的動機，也促使我必須在創作的當下就創造、尋找出更多的樂趣。

在這樣的時刻，我自認為無法被定位的創作者，也必須透過一個理想聆聽者的創造，讓我的想法，甚至我的白日夢，得以被銘記。

發表《泥炭紀》，是我當時，甚至到現在，最為天人交戰，最為焦慮的決定，所以躊躇反復、耽擱了許久。它的存在等級如同日記，所以幾乎沒有太多修飾或遮掩：誠實、勇敢、自戀、浮誇、缺乏專業書寫者該有的現實感。

整體而言，《泥炭紀》渲染著極為純粹、質樸的「異教徒」氛圍。「異教徒」是我從高中時期就

十分偏好的概念，它原本是西方主流宗教對其他教派、無神論者或異議者的指稱，先天帶著排斥、歧視的負面意含，更帶有孤立、神秘、特立獨行的形象，因此給我很多想像的空間與能量。在但丁的《神曲》裡，所有前基督教的西方哲人、聖賢或異教神話的英雄人物，都被安置於地獄邊緣的 Limbo（靈薄獄），等待救贖。但是仔細想想，在人類文明史上，那些先知、思想家、科學家、創教者，又有誰不曾被視為異端、瘋狂，始終威脅著既定社會的世界觀與價值體系的呢？從蘇格拉底、耶穌到伽利略、尼采、叔本華，這些堅持自身理念、飽受輕忽與誤解、帶著悲劇精神的異教者，衝擊著我、感染著我，更在內心裡一步步形塑出書寫者的自我形象。

那個時期的插畫風格最能表現這些了：黑衣寬袍、面目模糊、踽踽獨行的微小個體，出現在現實邊緣的各個角落裡：荒原、極地、聖殿、廢墟，甚至某顆不知名的星球。巨大的空間襯托出個體的渺小，何嘗不也同時顯現出人類心智與裡想的巨大？

這種文明初啟的時刻難以言喻的荒涼之感，長期作祟於我的夢境與字裡行間。對異教文明與意象的極力經營，象徵了我某種邊緣性格，和對主流社會、世俗慣性、審美定見的疏離，以及對反叛、超越、創新的嚮往。

我曾在《知識也是一種美感經驗》其中一篇文章提到：

「疏離」指精神上的異化，對於一個你熟悉或習慣的對象、事件與場域，失去持續關注、參與或投入的意願與能力，你沒有辦法進入狀況，無法共鳴，總是自外於某種共同情緒與行動。

疏離可以是短暫的，也可以持續很久，成為態度、或成為病徵。如同莒哈絲「一個作者就是一個異邦」，我很早就習慣於自己與別人或羣體之間的某些差異，並在創作過程中漸漸視之為探索、表現自我的契機。其實這些差異相當微小、十分主觀、並無明顯外在依據，只是一個易感、好幻想、自我意識較強的少年，在建構自我的過程中自然的心理反應和些許的戲劇化。

我相信同一時期也有很多人會這樣。差別在於，這些因為自我意識、因為個性或一時困難的情境而產生的格格不入之感，我們卻在文學閱讀與創作中得到豐富的暗示、啟發與支持，而有了自我強化或永續經營的基礎。因此，疏離，也是一種主動的自我邊緣化。

疏離也可以是某種心智的客觀化，把我從「我」或「我們」裏頭拉出來，再回頭觀察「我們」或「我」，像是一種關不掉、不受自己控制的思考活動。在意識與文字的探索與琢磨過程中，不時地進行這樣的演練，也是我在創作中特有的樂趣。

另外很多時候，疏離是「不認同」的下意識表達，基於態度或清明意識，人們總會面對一些無聊或不以為然的情境，但它還沒有大到需要逃避或公然反對，這時你就降低自己的存在狀態，變成

「出席的缺席者」，這種方式溫和，但頗頑強。異邦人或者流亡者都跟疏離有著神秘的血親，他們原本代表者某種劣勢或困難的位置，但是在各式創作當中，卻能產生很多正面的能量。我曾經在給友人的序文當中，提到「邊緣性」在創作中弔詭的優勢：遠離主流、背對中央，也等於是面向外在世界、鬆脫束縛，你將因為身處文化差異的現場，而更加清楚自己，更能了解別人，你將注射更多異質元素於體內，而擁有更靈活豐盛的心智。

我十分清楚，當我如此解釋「疏離」時，其實也在解釋我多年來的「異教徒」想像。

「泥炭紀」的書名，反映出我當時創作的心境。也許來自熱切地閱讀、也許想逃避現實世界的平俗，我嗜用大尺度的時空單位，特別是天文學或地質學上的術語，例如：光年、紅位移和彎曲的空間；例如：奧陶紀、寒武紀或白堊紀等。而以菊石引起我的注意的泥盆紀，和以蕨類植物為主要特徵的石炭紀，非常偶然地引起我的遐想，也非常偶然的被我拼湊在一起。

《泥炭紀》是一段孤獨、漫長而自我慰藉的創作歷程與結果，那樣的勇氣與天真，已無法再現。有時，我甚至視之為成長過程中，一段「誤入歧途」的過程，必須在往後強作解人，不時加以合理化。但是當時許多相關的記憶早已模糊淹沒，《泥炭紀》的內容，竟成為某個時期我唯一的記憶。

羅智成年表

1955　出生於臺北

1970　正式發表作品

1971　主持校刊編輯，與友人成立師大附中詩社

1973　完成「鬼雨書院」個人詩學構想及相關作
　　　品，據此所作之語錄分別收入《光之書》及
　　　《泥炭紀》

1974　入臺灣大學哲學系

1975　自費出版詩集《畫冊》（4月・鬼雨書院）
　　　與友人詹宏志、楊澤、廖咸浩等創台大詩
　　　社，積極從事文學及美術創作與羅曼菲合作
　　　多媒體現代詩舞「給愛麗絲」，於耕莘文教
　　　院演出。

1976　於臺大策畫主辦「現代詩歌實驗發表會」

1978　臺大畢業，入運輸兵學校服預官役

1979　出版詩集《光之書》（2月・龍田）
　　　發表長詩〈1979〉（獲首屆時報敘事詩優等獎）
　　　服役期間發表〈巴比倫〉等3個神話故事（工
　　　商時報副刊）

1980　入中國時報任「人間副刊」編輯

1981　發表長詩〈問聃〉

1982　發表長詩〈離騷〉，獲時報文學獎新詩推薦
　　　獎與李泰祥合作完成劇詩〈大風起兮〉
　　　七月赴美國威斯康辛大學陌地生校區東亞所
　　　出版詩集《傾斜之書》（10月・時報）

1983　完成《寶寶之書》主體
　　　獲威大文學碩士，入博士班

1984 翻譯兩本 19 世紀中國攝影集，由時報出版
公司出版（12 月）
完成並發表「諸子篇」諸作

1985 發表長詩〈說書人柳敬亭〉於聯合文學
再獲時報文學獎新詩推薦獎
返台，重回中國時報任副刊組撰述委員
發表長詩〈齊天大聖〉

1987 出版散文集《夢的塔湖書簡》（4 月·時報）
發表「無法歸類的創作者」專輯於四月號聯
合文學
任教於文化大學中文系

1988 著手「羅智成作品集」之編輯與出版（少數
出版·遠流發行），計畫再版《光之書》、
《傾斜之書》及《夢的塔湖書簡》（改名《M
湖書簡》）；初版《寶寶之書》（詩集）、
《泥炭紀》（札記）、《文明初起》（文集）、
《亞熱帶習作》（散文集）及《擲地無聲書》
（詩集）
任教於淡江大學及文化大學中文系
主編中時晚報之「時報副刊」

1989 「羅智成作品集」先行出版《M》、《寶》、
《泥》、《擲》等四本書，其餘則因故遷延至
1999 年，才由聯合文學出版
完成短詩集《黑色鑲金》、大陸紀行「北京
備忘錄」
組傳播公司從事電視、影像節目之製作

任教輔大日文系（1989 — 1991）

1990　任中時晚報副總編輯兼副刊組主任

公視節目「當代書房」製作人

1991　任教東吳大學中文系（1991 ～）

1992　整理影像、插圖及視覺設計作品「象形文字」

時報文學獎新詩組決審委員

中時晚報電影獎非商業類評審委員

1993　香港著名之中英劇團改編長詩「說書人柳敬亭」為粵語舞台劇，於「香港藝術節」公演，獲最佳導演、最佳男主角等獎項（導演為毛俊輝，編劇為張達明）

重新進行中斷數年之「羅智成作品集」出版工作

完成視聽詩集「重瞳之書」之拍攝腳本

中華民國電影年執行委員

參與 PEOPLE 雜誌之創辦

1994　中國時報年度十大好書決審委員

衛視中文台財經節目「縱橫四海」製作總監

1955　中國時報年度十大好書決審委員

公視節目「吾鄉印象」製作人兼導演

1996　四月離開中時報系，任樺舍文化事業總經理、康泰納仕雜誌公司編輯總監，參與 VOGUE、GQ 雜誌之創辦

臺北市美術館 1996 雙年展籌備委員

中國時報年度十大好書決審委員

參與「FM91.7」廣播電臺之創辦，並任臺長

飛碟電臺讀書節目「文字星球」共同主持

人、製作人

完成散文集《南方朝廷備忘錄》、詩集《夢中書店》

開始創作散文集《蔚藍紀》

1997　創辦旅遊雜誌 TO'GO，並任發行人

　　　完成「聯合文學版」之「羅智成作品集」共五本（再版《傾斜之書》，初版《亞熱帶習作》、《黑色鑲金》、《文明初啟》、《南方朝廷備忘錄》）之出版準備工作

　　　完成短詩集《藍色時期》

1998　第一屆全國大專文學獎決審委員

1999　出版「聯文版 · 羅智成作品集」五本

2000　於天下文化出版遊記《南方以南 · 沙中之沙》，同時再版詩集《光之書》

　　　及《擲地無聲書》（天下文化）

2002　擔任國立東華大學駐校作家，並任教於創作與英語研究所擔任臺北國際詩歌節策展人

　　　出版詩集《夢中書房》

2003　擔任臺北國際詩歌節策展人

2004　出版詩集《夢中情人》（印刻）應邀參加法國 Le Printemps Des Poetes 春天詩歌節

2005　接任臺北市政府新聞處長應邀參加德國柏林文藝節（Berlin literature Festival）投入音樂劇及相關劇本創作，首部作品為《世紀情書》

2008　出版詩集《夢中邊陲》（印刻）

2009　擔任臺北國際詩歌節策展人

2010　任駐香港光華新聞文化中心主任
　　　出版詩集《地球之島》（聯合文學）
2011　任中央通訊社社長
　　　應邀參加北島策展之香港詩歌節
2012　辭中央社、創「故事雲工作室」香港大學中
　　　文系黎活仁與廈門大學中文系合辦「羅智成
　　　作品研討會」
　　　出版《透明鳥》（聯合文學）
2013　《透明鳥》獲文化部第 37 屆金鼎獎圖書類最
　　　佳文學圖書獎
　　　出版詩集《諸子之書》（聯合文學）
　　　任師大國文系兼任副教授
2014　完成故事雲系列詩劇《迷宮書店》及《世記
　　　情書》、《桃花秘境》、《少年蒲松齡》等
　　　五種劇本和故事原型
2015　擔任開卷年度十大好書決審
2016　出版詩劇《迷宮書店》、旅行攝影集《遠在
　　　咫尺》（聯經）
　　　應香港浸會大學之邀，擔任訪問作家
2017　應文訊之約，於紀州庵策畫「世界停電我獨
　　　舞」羅智成特展（7/29 ─ 9/30）
2018　出版評論集《知識也是一種美感經驗》（2
　　　月 · 聯經）
　　　再版詩集《黑色鑲金》（4月 · 聯合文學）
　　　再版文集《泥炭紀》（6月 · 聯合文學）

聯合文叢630

泥 炭 紀

作　　　者／羅智成
企劃・設計／羅智成
封面・插圖／羅智成

發　行　人／張寶琴
總　編　輯／周昭翡
主　　　編／蕭仁豪
資 深 美 編／戴榮芝
實 習 編 輯／陳涵伶
業務部總經理／李文吉
行 銷 企 劃／許家瑋
發 行 助 理／簡聖峰
財　務　部／趙玉瑩　韋秀英
人事行政組／李懷瑩
版 權 管 理／蕭仁豪
法 律 顧 問／理律法律事務所
　　　　　　陳長文律師、蔣大中律師
出　版　者／聯合文學出版社股份有限公司
地　　　址／台北市基隆路一段178號10樓
電　　　話／(02) 27666759轉5107
傳　　　真／(02) 27567914
郵 撥 帳 號／17623526聯合文學出版社股份有限公司
登　記　證／行政院新聞局局版臺業字第6109號
印　刷　廠／沐春行銷創意有限公司
經　銷　商／聯合發行股份有限公司
地　　　址／新北市新店區寶橋路235巷6弄6號2樓
電　　　話／(02) 29178022
出 版 日 期／2018年6月　初版
定　　　價／280元

版權所有◎翻版必究

copyright © 2018 by Chih-cheng Lo
Published by Unitas Publishing Co., Ltd.
All Rights Reserved
Printed in Taiwan

ISBN 978-986-323-264-3（平裝）

國家圖書館出版品預行編目資料

泥炭紀 / 羅智成著. -- 初版. --
臺北市 : 聯合文學, 2018.06
180面 ; 12.8×19 公分. -- (文叢 ;630)

ISBN 978-986-323-264-3（平裝）

851.486   107009484